— **C'**est comme si Véro avait fait quelque chose pour empêcher Adriana de venir à l'école, dit Alicia.

Chloé lève les yeux au ciel.

— Voyons, Alicia! Véro n'est pas comme ça!

— Je sais que tu l'aimes bien, dit Sophie d'un ton amical. Et je comprends que tu prennes sa défense. Mais tu dois admettre que c'est étrange.

— Elle tripotait son drôle de collier, hier, fait remarquer Kim. Peut-être que son cristal a des pouvoirs magiques!

Chloé n'en croit pas ses oreilles.

— Tu es sérieuse?

Kim hausse les épaules et picore dans son assiette de macaroni au fromage.

— Pourquoi pas? dit-elle. Après tout, elle vient de Salem. Il est possible que son cristal soit imprégné de magie. Peut-être que Véro ne contrôle pas ce qui arrive quand elle le porte.

LA COLLECTION NOIR POISON

VERTE DE JALOUSIE

Lisa Fiedler

Texte français d'Isabelle Allard

NOIR POISON

Éditions SCHOLASTIC

Pour Madeline Rose, Samuel James et Sophia Marie,
avec affection, et comme toujours, pour Shannon

Catalogage avant publication
de Bibliothèque et Archives Canada

Fiedler, Lisa
[Green-eyed monster. Français]

Verte de jalousie / Lisa Fiedler ;
texte français d'Isabelle Allard.

(Noir poison)
Traduction de: The green-eyed monster.

ISBN 978-1-4431-3290-9 (broché)

I. Allard, Isabelle, traducteur II. Titre.
III. Titre: Green-eyed monster.
Français. IV. Collection: Noir poison

PZ23.F3965Ver 2014   j813'.54   C2013-904665-8

Illustration de la couverture : Katie Wood
Conception graphique de la couverture : Yaffa Jaskoll

Édition publiée par les Éditions Scholastic,
604, rue King Ouest, Toronto (Ontario) M5V 1E1.

5 4 3 2 1   Imprimé au Canada 121   14 15 16 17 18

MIXTE
Papier issu de
sources responsables
FSC® C004071

CHAPITRE UN

Chloé Radisson retient son souffle.

C'est ce qu'elle fait toujours quand elle marche le long du cimetière sur la colline. C'est peut-être ridicule, mais lorsqu'elle était en première année, le grand frère de sa meilleure amie Sophie, David, leur a raconté que parfois de mauvais esprits sortaient de leur tombe pour posséder l'âme des vivants qui passaient par là. Sophie et elle se sont juré de ne jamais passer devant le vieux cimetière sinistre sans retenir leur respiration, afin de ne pas être possédées.

Maintenant qu'elle est plus âgée, Chloé se dit que tout esprit un tant soit peu raisonnable trouverait sûrement une façon moins dégoûtante de s'infiltrer dans l'âme de quelqu'un que de passer par ses narines. Mais elle a promis à Sophie, et elle tient toujours ses promesses. Étant donné le climat tendu entre elles ces derniers temps, ce n'est vraiment pas le moment de commencer. Chloé et Sophie sont des meilleures amies depuis toujours, et elles ne s'étaient jamais dit de méchancetés avant cette semaine. De plus, elles se sont disputées pour des riens, comme où s'asseoir à la cafétéria et à laquelle des deux Jacob Bailey a souri durant le cours d'éducation physique. (Ce n'est même pas sûr qu'il ait souri à l'une d'entre elles.)

Elle jette un regard en coin à Sophie, qui marche à ses côtés comme d'habitude après l'école. Sophie retient sa respiration, elle aussi. Ça ne change pas grand-chose, au point de vue de la conversation, puisqu'elles n'ont pas prononcé un mot depuis leur départ de l'école. Généralement, leur retour à la maison est ponctué de rires et de bavardages à propos de leur journée, de leurs enseignants, de leurs montagnes de devoirs ou d'élèves snobs de huitième année. Mais aujourd'hui, la seule chose qu'elles partagent est un silence inconfortable.

En haut de la colline, Chloé prend une pause (les poumons toujours pleins d'une bonne goulée d'air frais) pour admirer le paysage en contrebas. Le port scintille sous le soleil de novembre. Seuls quelques gracieux voiliers y sont amarrés à cette période de l'année. Une brise, douce pour la saison, fait onduler la surface de l'eau. C'est une scène si familière et magnifique qu'elle réussit presque à lui faire oublier la semaine horrible qu'elle vient de vivre : la perte de son chandail préféré, son échec dans un test d'algèbre et surtout, sa dispute avec Sophie.

En temps normal, les deux copines désigneraient les voiliers en s'imaginant un voyage en mer autour du monde avec leurs futurs maris. Celui de Chloé serait un chanteur rock, et celui de Sophie, un neurochirurgien (ou peut-être un toiletteur pour chiens, elle n'arrive pas à se décider). Mais aujourd'hui, elles gardent le silence.

Finalement, Chloé n'en peut plus. Elle expire l'air dans un soupir agacé. *Tant pis pour les esprits!* Mais ce qu'elle a à dire est plus important que les fantômes, et ça ne peut pas attendre.

— Je n'en reviens pas que tu ne viennes pas aux auditions avec moi! s'exclame-t-elle.

Sophie se tourne vers elle, les joues gonflées d'air, et secoue la tête énergiquement.

— Je me suis inscrite au ballon chasseur avec toi quand tu me l'as demandé! lui rappelle Chloé. Tu te souviens?

Sophie lève les yeux au ciel et expire.

— C'était en troisième année, Chloé! Et ça ne m'obligeait pas à monter sur une scène devant toute l'école!

— Peut-être, mais ça m'obligeait à porter un chandail avec un nom d'équipe ridicule, rétorque sèchement Chloé. Je suis devenue une Divine Diva du

ballon pour toi! Comme sacrifice au nom de l'amitié, on peut difficilement faire mieux!

— Ce n'est pas moi qui ai inventé ce nom, réplique Sophie. Et je suis désolée si être ma meilleure amie est un si grand sacrifice!

Chloé croit voir trembler la lèvre inférieure de Sophie.

— Ce n'est pas ce que je voulais dire, et tu le sais! proteste-t-elle.

Mais Sophie descend déjà la colline d'un pas lourd en direction de sa maison.

Frustrée, Chloé secoue la tête et se tourne vers le paysage maritime qui s'étend devant elle.

— Belle vue!

La voix fait sursauter Chloé.

Elle se retourne et aperçoit une fille debout derrière elle. Pendant un instant, elle a la bizarre impression que la fille scintille, jusqu'à ce qu'elle réalise que ce sont les rayons du soleil qui se reflètent sur le cœur en cristal qu'elle porte au cou.

— Oui, le port est magnifique en fin de journée, répond-elle.

— Je m'appelle Véro Dunbar, dit la fille en s'approchant.

Ses cheveux châtain roux encadrent son visage de mèches ondulées, dépassant à peine les épaules de sa veste noire à fermeture éclair. Une grosse ceinture noire cloutée orne son jean étroit de couleur grise,

déchiré aux genoux. Outre son collier, elle porte de longues boucles d'oreilles ornées de pierres noires et rouges scintillantes. Ses yeux verts sont bordés de noir : une chose que ni le code vestimentaire de l'école de Chloé, ni sa mère ne permettraient. La semaine dernière, Chloé a réussi à sortir de la maison avec une fine couche de brillant rose framboise sur les lèvres, et a failli se faire envoyer dans le bureau du directeur.

— Je m'appelle Chloé.

Véro lui adresse un sourire plein d'assurance. Sans être inquiétante, elle a une allure vaguement gothique. Bon, peut-être pas tout à fait gothique, puisque son nez et ses sourcils ne sont pas percés et que, d'après ce que peut voir Chloé, elle n'a aucun tatouage. Toutefois, son style a un potentiel définitivement gothique. *Gothique en herbe,* pense Chloé. *Cool.* Véro semble avoir environ douze ans comme elle, mais elle ne l'a jamais vue à son école.

— Viens-tu de déménager? lui demande-t-elle.

Véro hoche la tête.

— Je commence l'école demain.

— C'est super. En quelle année?

— Septième.

— Comme moi.

— Génial.

— Où vivais-tu, avant?

La fille se retourne pour observer les pierres tombales dans l'ancien cimetière. Elle parle en même

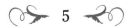

temps que Chloé, presque comme si elle voulait éviter la question.

— J'aime les vieux cimetières.

— Vraiment? répond Chloé en esquissant une grimace.

Il faut être un peu bizarre pour *aimer* les cimetières, non? Elle se surprend à frissonner en s'apercevant qu'elle est sur la colline du cimetière et respire normalement. S'il y a le moindre fondement à la théorie du frère de Sophie, les âmes de Chloé et de Véro sont en danger...

— J'aime tout ce qui est historique, reprend cette dernière. Les antiquités, les vieilles maisons, et surtout, les vêtements et les bijoux rétro.

— Oh.

Chloé sourit, soulagée de savoir que Véro n'est pas une espèce de chasseuse de fantômes gothique et sinistre. Cela explique aussi le ras-de-cou antique avec un cœur en cristal.

— Je suppose qu'on pourrait qualifier cette veste de « rétro », dit Chloé en désignant la vieille veste à capuchon molletonnée qu'elle porte. Je l'ai depuis ma cinquième année.

— Une vraie antiquité! dit Véro en riant.

Elles se mettent à marcher, laissant le vieux cimetière lugubre derrière elles.

— Mais en général, je ne porte pas de vieux vêtements, poursuit Chloé. Ce matin, je voulais porter

le nouveau cardigan que j'ai acheté sur la rue Principale, mais je ne le trouvais nulle part. Et j'ai eu le temps de chercher parce que j'ai dû attendre une *éternité* pour avoir la salle de bain! C'est mon cardigan préféré, ajoute-t-elle en soupirant. Et il a disparu comme par *enchantement*.

— Hum, dit Véro en portant ses ongles au vernis pailleté à son cœur en cristal. Tu devrais peut-être regarder...

Elle fronce les sourcils et réfléchit. La brise d'automne soulève les mèches de cheveux autour de son visage.

— ... au fond du panier à linge de ta grande sœur, termine-t-elle.

Chloé s'immobilise brusquement. A-t-elle mentionné qu'elle avait une grande sœur? Elle ne le croit pas. Elle regarde Véro en clignant des yeux, interloquée.

— Heu, d'accord. C'est ce que je vais faire.

— Alors, parle-moi de cette ville, dit Véro, dont l'expression songeuse se transforme en sourire amical. Que font les jeunes pour s'amuser, par ici?

— Comme partout ailleurs, je suppose, répond Chloé. En été, nous allons souvent à la plage. Et durant l'année scolaire, nous allons surtout au cinéma et au centre commercial. Si je pouvais, je *vivrais* au centre commercial. La mode me passionne!

— Moi aussi! dit Véro en désignant ses vêtements. Aujourd'hui, j'ai l'air de sortir tout droit d'une maison

hantée, mais demain, j'aurai peut-être une allure complètement BCBG ou hippie. Ça dépendra de mon humeur!

— Super, dit Chloé. J'ai tendance à suivre la mode du moment, mais j'aimerais être moins prévisible!

— Qu'est-ce qui t'intéresse, à part la mode? demande Véro.

— La musique. La moitié de mon argent de poche est consacrée aux vêtements et aux accessoires, et je dépense le reste pour mon iPod. Et dernièrement, je m'intéresse beaucoup aux drames et aux tragédies.

— Les drames? Tu veux dire les crises d'ados hystériques?

Chloé glousse.

— Non, pas cette sorte de drames. Même si, malheureusement, ce genre d'attitude est courante à notre école.

Elle éprouve un pincement en pensant au froid qui règne entre Sophie et elle, mais s'empresse d'écarter cette pensée.

— Non, je parle d'art dramatique. Du club de théâtre.

— Il va y avoir une pièce de théâtre? demande Véro, les yeux brillants.

— Oui. Je vais me présenter aux auditions. Aimes-tu le théâtre?

— *J'adore* ça! On pourrait peut-être y aller ensemble?

— Ce serait super! dit Chloé avec sincérité.

Sa dispute avec Sophie est le point culminant de deux semaines de supplications pour que Sophie entre dans le club de théâtre avec elle. Mais son amie est plutôt timide, et la perspective de se retrouver devant une salle remplie de parents, d'enseignants et d'élèves (y compris Jacob Bailey) la met bien trop mal à l'aise.

— Bon, je devrais rentrer, déclare Véro. Je dois défaire des boîtes, et si je ne me dépêche pas, ma grande sœur va monopoliser tout le placard de notre chambre.

— Je te comprends, dit Chloé, certaine que sa propre sœur, Eva, ferait la même chose. Alors, on se voit à l'école demain?

— Oui, à demain!

Véro agite la main et se dirige vers la vieille ville. C'est un charmant quartier historique au bord de l'eau, où les maisons datent de la guerre de l'Indépendance. Bien que la plupart des amis de Chloé vivent dans des quartiers plus récents, elle a entendu des rumeurs selon lesquelles les maisons du vieux quartier seraient hantées.

Pendant qu'elle observe sa nouvelle amie s'éloigner et disparaître au tournant, un nuage sombre cache le soleil.

Malgré la température agréable, Chloé frissonne.

Une fois chez elle, un peu plus tard, Chloé sent un frisson encore plus sinistre lui parcourir le dos.

Mais ce frisson n'a rien à voir avec l'horreur de trouver son nouveau cardigan avec une énorme tache brunâtre sur le devant. Non, elle frémit parce que, inexplicablement, Véro a su exactement où elle le trouverait! Après une fouille systématique de sa chambre, de la salle de bain et de la salle de lavage, elle a finalement découvert la veste tachée au fond du panier à linge d'Eva. Comme l'avait prédit Véro!

— Maman!

Chloé descend les marches quatre à quatre, en brandissant le cardigan souillé.

— Eva a taché mon cardigan jaune! Elle ne m'a jamais demandé la permission de l'emprunter!

Eva, qui lit un magazine de cinéma sur le canapé de la salle familiale, lève les yeux au ciel.

— Eva? Est-ce que c'est vrai? demande sa mère en sortant de la cuisine.

— Peut-être bien, répond Eva en feuilletant son magazine d'un air détaché. Et puis après? Elle l'a acheté au rabais. En plus, il est jaune. Personne ne porte cette couleur.

— *Tu* as porté du jaune! lui rappelle Chloé. Assez longtemps pour renverser du café au lait de soya dessus!

Eva lève de nouveau les yeux au ciel.

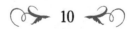

— Plutôt du thé chai à la vanille, réplique-t-elle avec une expression dégoûtée. Tu ne sais donc rien?

— Je sais que mon nouveau cardigan est fichu! crie Chloé en croisant les bras et en se laissant tomber dans un fauteuil.

— Allons, les filles! dit leur mère de son ton « restons calmes et personne ne sera blessé ». Chloé, montre-moi ce cardigan. Peut-être que je peux...

Chloé lui tend la veste, l'interrompant au milieu de sa phrase. Il est évident que la tache brune hideuse s'est déjà infiltrée profondément dans le fin lainage jaune et a séché dans les fibres. Pour toujours. Il n'y a pas moyen de sauver ce cardigan, et sa mère, experte du prétrempage et de la lessive, le sait.

Celle-ci se tourne vers Eva, les sourcils froncés :

— Tu vas devoir le remplacer, dit-elle d'un ton ferme. Avec ton propre argent.

Eva se redresse en poussant un soupir excédé.

— Très bien, dit-elle avec un regard courroucé en direction de sa sœur. Je vais le remplacer. Si je *peux*. Mais n'aie pas trop d'espoir. Je suis certaine que la vente de liquidation « tout-doit-partir-surtout-les-horreurs » doit être terminée. Il n'en reste probablement plus. Où l'as-tu acheté, de toute façon? Dans une boutique pour enfants de septième année?

Chloé la regarde en plissant les yeux.

— Je l'ai acheté dans la boutique chic où toi et tes copines bêcheuses de neuvième magasinez tout le temps!

La boutique s'appelle Convoitise. C'est le magasin le plus cool de la rue Principale. Chloé a économisé longtemps pour pouvoir s'offrir les vêtements tendance de cette boutique. Ce cardigan était son premier achat, et maintenant, il est fichu. Elle sent les larmes lui monter aux yeux. Non seulement ce cardigan lui allait parfaitement, mais la couleur jaune dorée convenait à merveille à sa peau claire et ses cheveux châtain foncé. Sophie lui a même dit que cela rendait ses yeux encore plus bleus.

Sophie. En temps normal, Chloé se serait jetée avec frénésie sur son téléphone pour envoyer un message à sa meilleure amie et se plaindre de sa sœur égoïste et énervante. Sophie lui aurait répondu par un message compatissant et humoristique.

Mais elle ne peut pas lui envoyer de texto. Elle ne peut pas lui téléphoner, ni enfourcher son vélo et pédaler jusque chez elle, à trois pâtés de maisons de là, pour se plaindre d'Eva en personne.

Parce que, pour la première fois depuis sept ans, Sophie et Chloé ne se parlent pas.

CHAPITRE DEUX

Il y a certains aspects de l'école secondaire qu'on ne peut pas changer.

Par exemple, les tables à la cafétéria. Sauf à quelques rares exceptions, les élèves s'assoient aux mêmes tables, sur les mêmes chaises, chaque jour, pour toute la durée de leur séjour à l'école.

Une autre chose qui est coulée dans le béton est le trajet pour se rendre aux cours. Même s'il y a plusieurs chemins possibles pour aller, disons, du gymnase à la classe d'histoire, une fois qu'on s'est engagé à suivre un trajet, on s'y tient.

Mais surtout, l'équilibre fragile des interactions sociales doit *absolument* être respecté. Les meneuses de claque parlent aux autres meneuses de claque, les musiciens ne parlent qu'à d'autres musiciens, les génies mathématiques aux autres forts en maths. Cela dit, les groupes de bollés semblent moins rigides : il arrive parfois qu'un génie informatique entame une conversation avec un féru de littérature *et* un as des maths devant les grandes portes lourdes de la bibliothèque. Sauf ces exceptions, l'école secondaire ne laisse pas beaucoup de place aux croisements sociaux.

Cet aspect de la vie scolaire n'a jamais dérangé Chloé. Elle est parfaitement satisfaite de ses trajets dans les couloirs, et adore s'asseoir lors de la deuxième ronde de dîner à la troisième table à gauche, près de la fenêtre avec le store vénitien tordu. Chaque midi, elle savoure son repas avec Sophie et ses deux autres copines, Kim Foster et Alicia Verdon, ainsi que leurs amis Dimitri et Bruno. Ce sont les deux seuls garçons de septième année assez doués pour faire partie de l'équipe de football de l'école.

Mais en ce jeudi midi, Chloé entre dans la cafétéria avec un sentiment d'excitation et de nervosité. Ce matin, en classe-foyer, elle a invité Véro, sa nouvelle amie de la vieille ville, à manger avec elle à la troisième table, à gauche.

Techniquement, elle sait qu'elle aurait dû soumettre cette idée à Sophie et aux autres. Mais Véro et elle ont bavardé et prévu passer au club de théâtre un peu plus tard pour s'inscrire aux auditions. L'invitation à dîner lui a simplement échappé. Elle a voulu présenter Véro à Sophie durant le cours d'algèbre, le seul qu'elles partagent toutes les trois, mais Sophie a refusé de la regarder durant toute la période. Chloé n'a pas eu le courage de l'aborder.

En avançant dans la file d'attente de la cafétéria avec Véro, Chloé commence à se sentir mal à l'aise.

— Holà! Qu'est-ce que c'est que ça? demande Véro en désignant la masse informe beige que la dame de la cafétéria aux cheveux gris vient de déposer sur son assiette.

— C'est la spécialité de la cafétéria, dit Chloé avec une grimace. Nouilles au thon gratinées. Ou, comme nous l'appelons, « Bouillie au thon recrachée ». Cependant, les petits gâteaux au chocolat sont fabuleux! ajoute-t-elle en arrivant devant les desserts.

Véro observe le présentoir.

— Je ne vois pas de gâteaux au chocolat.

— C'est parce qu'ils sont toujours les premiers à partir, dit Chloé en soupirant. On est arrivées trop tard.

Avec un soupir, elle tend la main vers un bol de gélatine verte tremblotante qui semble plus vieille que la dame aux cheveux gris. Véro choisit une coupe de fruits à la surface visqueuse.

En émergeant dans l'immense salle, Chloé conduit Véro jusqu'à sa table habituelle. Les élèves se retournent sur leur passage pour observer « la nouvelle ». Secrètement, Chloé est heureuse que Véro ait sagement évité les vêtements de style gothique ou hippie pour sa première journée a l'école. Elle a opté pour un joli chandail bleu clair et un jean indigo. Ses cheveux roux ondulés sont relevés à l'aide d'une barrette bleue, et on ne voit aucune trace de crayon noir autour de ses beaux yeux verts. Elle porte encore son ras-de-cou à breloque de cristal.

Sophie, Kim et Alicia sont déjà assises. Elles les observent en silence pendant que Chloé s'avance, suivie de Véro. Elles ne semblent pas fâchées, mais surprises.

— Salut, dit Chloé sur un ton qu'elle espère confiant. Heu, voici Véro. Elle est nouvelle. Je l'ai rencontrée hier, et je me suis dit que ce serait bien qu'elle mange avec nous au lieu de rester toute seule.

Difficile de dire non. De toute façon, Sophie, Kim et Alicia sont parmi les filles les plus gentilles de la classe, c'est d'ailleurs pour cette raison que Chloé les considère comme ses meilleures amies.

Sophie sourit amicalement :

— Bienvenue parmi nous, Véro! Assieds-toi.

Chloé adresse un regard reconnaissant à Sophie, avant de s'asseoir et de faire les présentations.

— Tu es dans ma classe de journalisme, non? demande Alicia à Véro.

— Oui, répond la jeune fille. J'ai choisi ce cours parce que j'écrivais pour le journal de mon école, l'an dernier. Ça me plaisait bien.

— Moi, je l'ai choisi parce que c'était la seule option qui fonctionnait avec mon horaire! dit Alicia en riant. Mais jusqu'à présent, je ne déteste pas ça.

Véro inspecte son plateau.

— Oups. J'ai oublié de prendre une boisson.

— Viens, dit Kim en se levant et en sortant de la monnaie de sa poche. J'allais justement me chercher un jus au distributeur. Il y a aussi du lait au chocolat gratuit au comptoir.

— Merci, dit Véro.

— J'ai besoin de vinaigrette, lance Alicia. Je viens avec vous!

Quand les trois filles sont parties, Chloé se tourne vers Sophie.

— Je suis désolée de t'avoir jugée trop sévèrement parce que tu ne voulais pas t'inscrire au club de théâtre. J'ai été injuste.

— Ça va, répond Sophie. Je boudais, c'est tout. Je ne t'en veux pas d'avoir été frustrée. Et je suis désolée d'avoir été obsédée par Jacob. Tu l'aimais en premier!

Chloé éclate de rire.

— Ce n'est pas comme s'il savait que j'existe! Alors, tu n'as pas d'excuses à me faire. Je déteste quand on se dispute!

Elle plante sa fourchette dans les nouilles molles sur son assiette.

— Moi aussi! réplique Sophie en lui tendant son petit gâteau au chocolat. Tiens, je te le donne. Tu raffoles encore plus du chocolat que moi.

— Merci!

Chloé lui raconte ensuite la lamentable histoire du cardigan jaune taché. Elle vient de terminer quand les trois autres reviennent.

— Au fait, dit-elle à Véro, comment savais-tu que je trouverais mon cardigan dans le panier à linge de ma sœur? Et comment as-tu su que j'avais une sœur?

Véro secoue son berlingot de lait au chocolat et lui adresse un sourire énigmatique.

— Je le savais, c'est tout.

Chloé fronce les sourcils. Ce n'est pas l'explication qu'elle espérait.

— Où sont Bruno et Dimitri? demande Kim en regardant autour d'elle.

— Bonne question, répond Chloé. Ils devraient arriver d'un instant…

Elle s'interrompt, le cœur serré. Là, à la quatrième table à droite, elle vient d'apercevoir leurs deux copains… avec les meneuses de claque!

— Qu'est-ce qui se passe? demande Alicia. Depuis quand Bruno et Dimitri parlent-ils aux meneuses de claque? Surtout à cette prétentieuse d'Adriana Faucher!

— Elle est tellement hypocrite! remarque Sophie. Elle fait semblant d'être gentille, mais elle parle dans le dos de tout le monde!

— Laquelle est Adriana? demande Véro en prenant une gorgée de lait au chocolat.

— Celle qui a de longs cheveux noirs et un gros ego, grommelle Chloé.

Adriana semble en adulation devant Dimitri. Le garçon sourit si largement que Chloé est étonnée que ses joues n'éclatent pas. Bruno a juste l'air de ne pas croire à sa bonne fortune.

— C'est la première élève de septième année qui est élue capitaine des meneuses de claque, ajoute Chloé. Dimitri et Bruno s'assoient avec nous, d'habitude. Mais je suppose qu'ils ont décidé de se laisser éblouir par l'éclat des étoiles de la claque!

— Ne t'en fais pas, dit Véro en portant la main à son cœur de cristal. Je suis certaine que ces garçons reviendront s'asseoir ici demain.

Sophie lève les sourcils.

— Comment le sais-tu?

Véro réplique en haussant les épaules :

— Disons qu'ils ne pourront pas s'asseoir avec Adriana si elle n'est pas là, n'est-ce pas?

— Je ne comprends pas, dit Alicia.

Véro se contente de sourire. Chloé remarque qu'elle touche toujours son collier, comme la veille près du cimetière. Une seconde plus tard, elle lâche le pendentif et place sa serviette sur ses genoux.

— Alors, Véro, dit Sophie pour changer de sujet. Tu ne nous as pas dit d'où tu venais. As-tu toujours vécu au Massachusetts?

Véro hoche la tête et saisit sa fourchette.

— Où, exactement?

— Oh, pas très loin d'ici. Dans une petite ville.

— Laquelle? demande Alicia.

Véro prend une bouchée de nouilles au thon et grimace.

— C'est encore plus mauvais que ça en a l'air!

— Tiens, dit Kim en lui tendant la moitié de son sandwich à la salade de poulet. Tu peux l'avoir. C'est la spécialité de ma mère. Avec des canneberges et des noix, et un peu de mayonnaise.

— Donc... quelle petite ville? répète Chloé en reprenant la question d'Alicia.

Véro prend une bouchée de sandwich. Elles attendent pendant qu'elle mâche, avale et prend une gorgée de lait au chocolat.

— Salem, répond-elle. Je viens de Salem, Massachusetts.

Les yeux de Sophie s'écarquillent. Kim semble un peu pâle. Alicia avale sa salive.

— La ville de Salem n'est-elle pas célèbre pour... commence Chloé.

Véro n'attend pas qu'elle termine.

— Oui, dit-elle. Salem est la ville réputée pour ses sorcières.

Après l'école, Chloé retrouve Sophie à son casier.

— Veux-tu venir chez moi après le souper pour étudier l'algèbre? propose son amie.

— Oh oui! répond Chloé en pensant au gros F rouge sur son dernier test. J'ai vraiment besoin d'étudier. Heu... devrais-je aussi inviter Véro?

Sophie se mord la lèvre.

— Je ne sais pas...

— Tu ne l'aimes pas? Kim et Alicia l'ont trouvée sympa.

— C'est vrai, répond Sophie. Mais toute cette histoire de Dimitri et Bruno qui ne pourraient plus s'asseoir avec Adriana... Et le fait qu'elle savait où était ton cardigan. C'était un peu... troublant.

— C'est peut-être juste le genre de fille qui a beaucoup d'intuition, dit Chloé.

Pour être tout à fait franche, elle aussi a trouvé étrange la remarque de Véro au sujet d'Adriana. Mais elle a décidé de lui accorder le bénéfice du doute. C'est peut-être ainsi que se comportent les gens de Salem...

— Bon, dit Sophie. D'accord, invite-la. David va être content! Il adore les rousses.

Elles éclatent de rire. Le grand frère de Sophie est en neuvième année et est obsédé par les filles. C'est un garçon drôle et intelligent, joueur étoile de son équipe de football. En son for intérieur, Chloé trouve David plus beau que Jacob Bailey, mais il n'est pas question qu'elle l'avoue à Sophie! Ce serait trop bizarre.

Au moment où Sophie referme son casier et enfile son blouson de jean, Véro s'approche d'elles.

Ses yeux se posent aussitôt sur le vieux blouson de jean délavé.

— Salut, dit-elle. Beau blouson! Très rétro.

— Merci, répond Sophie. Ma mère le portait quand elle était à l'école secondaire. Le tissu est usé et très doux. J'aime bien qu'il soit élimé aux poignets et au col.

— Moi aussi, dit Véro d'une voix grave en contemplant les boutons cuivrés et le tissu délavé.

Après un moment, elle se ressaisit et se tourne vers Chloé.

— Viens-tu t'inscrire aux auditions de théâtre?

— Oui, répond Chloé. Sophie, on se voit ce soir pour l'étude d'algèbre?

— Tu peux venir aussi, propose Sophie à Véro. J'espère que tu es meilleure que nous pour les équations avec les x et les y!

Sophie se hâte d'aller prendre l'autobus, pendant que Chloé et Véro se dirigent vers l'escalier.

— Le local de théâtre est au deuxième étage, dit Chloé, heureuse que ses amies, surtout Sophie, soient prêtes à accepter Véro dans leur cercle. C'est là où sont les feuilles d'inscription. Tu vois, je prends toujours l'escalier ouest pour monter au deuxième. Il est à l'écart, alors personne ne l'utilise et il n'est jamais bondé. La plupart des élèves de septième empruntent l'escalier sud. Les huitièmes et neuvièmes préfèrent l'escalier est. Ils prennent toujours un air supérieur devant les élèves de septième, comme si l'école leur appartenait. L'escalier nord est réservé aux enseignants. Tu sais, tout le monde est excité par la pièce. J'ai entendu dire que plusieurs élèves de huitième se présenteraient aux auditions et…

— J'aime beaucoup le blouson de Sophie, l'interrompt Véro.

Son ton est monocorde et elle regarde devant elle avec une expression absente, comme si elle n'avait pas entendu un mot de ce que Chloé vient de dire.

Cette dernière hausse les épaules.

— C'est son signe distinctif. Sa façon d'affirmer son style. Elle n'est pas tellement intéressée par la mode, mais tout le monde reconnaît qu'elle a le blouson le plus cool de l'école. Des filles de neuvième l'ont même complimentée.

— J'en veux un, déclare Véro d'une voix froide, avec un regard vague.

— Eh bien, bonne chance! dit Chloé en riant. C'est probablement le seul qui existe. Mais tu pourrais essayer les friperies de la ville. Peut-être à l'endroit où tu as acheté ton collier?

La main de Véro s'élève jusqu'au cristal à son cou, si rapidement que Chloé recule d'un pas. Puis Véro cligne des yeux et secoue la tête, comme pour chasser un mauvais rêve.

— Que disais-tu au sujet des élèves de huitième année?

— Je disais que plusieurs sont intéressés à passer des auditions. On aura donc de la compétition!

Véro remue les sourcils et s'exclame :

— Ça ne me fait pas peur!

Elles éclatent de rire.

— J'ai hâte de savoir quelle pièce on va jouer, reprend Chloé. J'espère que c'est une comédie musicale. J'adore chanter.

Elle aimerait bien quelque chose de joyeux, comme *Brillantine* ou *Annie*.

— Je chante plutôt bien, dit Véro. Mais je ne sais pas danser. Quand j'essaie, je ressemble à un bébé girafe sur des patins à roulettes!

Chloé rit en imaginant la scène.

Quelques secondes plus tard, elles arrivent au local de théâtre. Plusieurs filles plus âgées sont attroupées devant le bureau où se trouvent les feuilles d'inscription. L'une d'elles est Jenny Thomas. C'est la fille la plus populaire de huitième année, même s'il s'agit d'une prétentieuse et d'une écervelée dont les notes se situent entre D- et F.

Chloé et Véro attendent leur tour. Lorsqu'elles atteignent enfin le bureau, elles y trouvent des feuilles d'inscription et une pile de vieux livres de poche aux pages cornées.

— Ce doit être le texte, dit Chloé en prenant un exemplaire sur la pile. *Les sorcières de Salem,* d'Arthur Miller, lit-elle. Jamais entendu parler.

— Moi, oui, grogne Véro en prenant un exemplaire à son tour. Ça parle du procès des sorcières de Salem. Ça va demander un sacré talent d'interprétation!

— Tu as tout à fait raison, fait une voix à l'arrière de la pièce.

Chloé se retourne et voit M. Watson, enseignant de neuvième année et responsable du club de théâtre. C'est un petit homme dodu aux cheveux gris, vêtu d'une veste de tweed et d'un nœud papillon. Des lunettes à monture de métal sont perchées sur son nez.

— Bonjour, dit-elle. Je suis Chloé Radisson, et voici Véro Dunbar. Nous sommes en septième année.

— Je suis heureux de voir de jeunes élèves manifester de l'intérêt pour l'art dramatique, dit l'enseignant avec un accent britannique marqué. Je crois que vous aimerez le thème de cette pièce. Il s'agit d'une histoire sophistiquée de malveillance et de jalousie se déroulant dans le cadre historique de la Nouvelle-Angleterre puritaine.

Chloé sourit avec hésitation.

— Aloooors… Ce *n'est pas* une comédie musicale? blague-t-elle.

— Loin de là, réplique l'enseignant avec dédain.

— C'est une bonne histoire, intervient Véro. Des filles snobs commencent à accuser les gens qu'elles n'aiment pas de sorcellerie. Les présumées sorcières sont envoyées en prison et brûlées sur un bûcher.

Vraiment?

— Ça semble fascinant, dit Chloé en fronçant les sourcils.

— Les auditions ont lieu demain avant le premier cours, les informe M. Watson.

Puis il prend sa serviette et sort du local.

En se dirigeant vers l'entrée principale avec Véro, Chloé feuillette son livre.

— On dirait qu'Abigaïl Williams est le personnage principal, dit-elle. C'est elle qui commence tout le raffut, qui accuse les gens et tout le reste. Au fond, elle n'est qu'une grosse menteuse.

— Grosse menteuse, gros rôle! réplique Véro, les yeux brillants. Ce serait génial de jouer ce personnage!

— Oui, reconnaît Chloé. Je vais passer l'audition pour le rôle d'Abigaïl! dit-elle en s'armant de courage.

Malheureusement, elle le dit au même moment où Véro s'exclame :

— Je crois que je vais auditionner pour ce rôle.

— Oh, fait Chloé.

— Ouais, dit Véro.

Elles échangent un sourire embarrassé et continuent de marcher en silence jusqu'à l'entrée.

— De toute façon, peu importe ce qu'on souhaite, je suis certaine que le rôle principal ira à Jenny Thomas, dit Chloé en s'efforçant de prendre un ton joyeux.

Un rayon de soleil traverse les portes vitrées et se reflète sur le pendentif en cristal de Véro, ce qui éblouit Chloé.

— Qui est Jenny Thomas? demande Véro.

— La jolie fille blonde de huitième année qu'on a vue dans le local. Elle est toujours choisie pour tout. Sauf peut-être la fois où elle est allée à New York passer une audition pour une pub de crème contre l'acné. Cette fois-là, elle n'a pas eu le rôle.

— Parce qu'elle n'avait pas assez de talent? demande Véro.

— Parce qu'elle n'avait pas d'acné, rétorque Chloé en soupirant. Bon, je suppose que je te verrai chez Sophie ce soir? ajoute-t-elle en ouvrant la porte principale de l'école.

— À ce propos, dit Véro, puisque les auditions sont demain, peut-être qu'on devrait répéter nos répliques à la place.

Chloé réfléchit. L'audition commence tôt le matin, ce qui leur laisse peu de temps pour mémoriser la scène et encore moins peaufiner le personnage. Même si Jenny Thomas semble assurée d'avoir le rôle, Chloé ne voit pas pourquoi elle ne mettrait pas toutes les chances de son côté. Elle aura le temps d'étudier les maths durant la fin de semaine. Sophie comprendra.

Elle sait à quel point Chloé a envie de jouer dans la pièce.

— Tu as raison, dit-elle. Je vais envoyer un texto à Sophie pour lui expliquer.

— Non, je vais m'en occuper, propose Véro en sortant son téléphone. De plus, je dois mettre son numéro dans mon cellulaire.

— D'accord, dis-lui qu'on s'excuse et qu'on se rattrapera une autre fois.

Elle lui donne le numéro de téléphone de Sophie. Véro l'entre dans ses contacts, compose le message et l'envoie.

— C'est fait, déclare Véro. À demain, Chloé!

— À demain!

Chloé sautille pratiquement en rentrant à la maison. Elle a hâte de répéter son texte.

CHAPITRE TROIS

Le lendemain matin, le père de Chloé la dépose à l'école plus tôt. Elle tressaute d'excitation sur son siège. La veille, elle a abordé ses répétitions comme une actrice de théâtre professionnelle, en utilisant l'Internet pour se renseigner sur la pièce. Elle a lu au sujet des thèmes, des personnages et de la signification historique de cette pièce, considérée très importante. Après réflexion, elle a décidé que son interprétation d'Abigaïl serait sobre et retenue. Elle veut donner un air calme et calculateur à cette fille jalouse, laissant la nature démoniaque du personnage bouillonner sous la surface... comme la lave d'un volcan.

Après des heures à répéter ses répliques devant le miroir de sa chambre, Chloé a présenté la scène à sa famille. Évidemment, ses parents ont trouvé son interprétation formidable, mais à sa grande surprise, même Eva lui a dit qu'elle était excellente! Plus précisément, Eva a dit que son choix dramatique d'incarner le personnage avec une « violence subtile et frémissante » était très efficace. Chloé imagine que cette expression sort tout droit d'une critique de cinéma dans un des magazines d'Eva, mais peu importe où sa sœur a puisé son jargon. Un compliment, c'est un compliment.

— Je croise les doigts pour toi! lance son père quand elle s'élance vers l'école.

Elle se hâte d'entrer dans l'école, qui est déserte à cette heure matinale. Les couloirs du rez-de-chaussée sont sombres. Elle aperçoit quelques enseignants dans leur classe, en train de préparer les cours de la journée.

Par habitude, la jeune fille se dirige vers l'escalier ouest. Heureusement qu'elle connaît le chemin, car elle regarde à peine où elle va en répétant ses répliques dans sa tête. En arrivant à l'escalier, elle remarque que cet endroit sans fenêtres est plongé dans la pénombre. Elle pose la main sur la rampe et commence à monter, mais dans son esprit, elle s'imagine sous les traits d'Abigaïl Williams.

— *Je me suis toujours moquée de Salem, je n'ai jamais écouté les sermons des bigotes ni leurs exhortations à la pénitence,* murmure-t-elle, récitant le texte dans l'escalier rempli d'ombres.

Elle n'a gravi que trois marches, mais les paroles puissantes s'élèvent vers le sommet du vaste espace.

Chloé est si concentrée sur ses répliques qu'il lui faut une fraction de seconde pour comprendre ce qui se passe. Elle sent quelque chose frapper son épaule et lui faire perdre l'équilibre. L'instant d'après, elle tombe à la renverse.

Instinctivement, elle lève les bras pour protéger son crâne et éviter qu'il heurte le sol de ciment rugueux. Elle atterrit lourdement; une vive douleur lui traverse les poignets et les genoux. Elle croit vaguement entendre quelque chose ... ou quelqu'un se ruer vers la sortie. Un pâle faisceau de lumière provenant du couloir éclaire la cage d'escalier quand la porte s'ouvre. Avec un grand effort, Chloé soulève la tête pour voir qui l'a attaquée, mais la porte s'est déjà refermée. Elle n'entend que les pas étouffés du coupable qui s'enfuit le long du couloir.

Étourdie et effrayée, Chloé réussit à se remettre debout. Les paumes de ses mains brûlent et elle sent des élancements dans ses genoux. Mais la sensation de douleur n'est rien comparée à la certitude que quelqu'un l'a délibérément fait tomber dans l'escalier! Cela n'a aucun sens. Qui voudrait lui faire du mal? Elle n'a aucun ennemi.

Secouée, elle tente de réprimer ses larmes et, saisissant la rampe, monte au deuxième étage.

* * *

La salle de théâtre est remplie d'aspirants acteurs. Jenny Thomas est là, évidemment, avec sa clique de filles prétentieuses pour l'encourager.

Véro est assise dans un coin et lui fait signe. Chloé s'approche d'elle en boitillant.

— Ça va? demande Véro. Tu boites.

— Il m'est arrivé une chose incroyable, chuchote Chloé. Je pense que quelqu'un a essayé de me pousser dans l'escalier!

Les yeux de Véro s'écarquillent d'inquiétude.

— C'est horrible! s'exclame-t-elle en lui tapotant l'épaule. Mais qu'est-ce que tu entends par « je pense »?

— Il faisait noir dans l'escalier et j'étais plutôt distraite, explique Chloé. Je devrais en parler à un enseignant.

Elle jette un coup d'œil à l'avant du local, où M. Watson remue des papiers.

Véro se mord la lèvre.

— Je suppose que tu pourrais, mais que lui dirais-tu, exactement? Que tu es tombée dans l'escalier sans trop savoir comment? Que quelqu'un t'a possiblement attaquée, mais que tu n'en es pas certaine?

Chloé fronce les sourcils. C'est vrai que ça paraît ridicule. Elle est convaincue qu'on l'a poussée, mais ç'aurait pu être un accident. Peut-être qu'un autre élève se dépêchait et l'a heurtée sans s'en rendre compte.

Chloé était préoccupée par ses répliques. Elle a pu mal interpréter la situation. Si elle dit à M. Watson qu'elle soupçonne seulement d'avoir été poussée, il risque de ne pas la trouver assez sérieuse pour tenir le rôle.

— Tu as sûrement raison, dit-elle en massant ses genoux endoloris. De plus, ç'aurait pu être pire. Je n'avais monté que trois marches. Quand je pense que mon père m'a dit qu'il croisait les doigts pour moi avant de partir! Il n'a pas dû les croiser assez fort.

Véro lui sourit d'un air compatissant.

— En tout cas, tu as fière allure! dit-elle en examinant sa tenue et ses cheveux.

Chloé porte nerveusement la main à l'une de ses tresses.

— Tu trouves? Je sais que la feuille ne précisait rien pour le costume, mais je me suis dit que ça ne pouvait pas nuire.

Ce matin, avant de s'habiller, elle a cherché des exemples de coiffures et de vêtements coloniaux dans l'Internet. En se faisant deux longues tresses et en enfilant une vieille blouse de calicot dénichée au fond de son placard, elle a réussi à se donner une apparence de jeune fille de la Nouvelle-Angleterre puritaine! Bien sûr, elle a glissé un chandail dans son sac à dos afin de se changer plus tard. Elle ne veut pas passer une journée d'école entière avec l'allure d'une paysanne qui file la laine et baratte le beurre!

Véro, outre son collier de cristal, porte une camisole lilas moderne sous un petit boléro plissé et un pantalon de velours côtelé violet. Elle passe la main dans sa masse de boucles rousses.

— Je regrette de ne pas avoir pensé à me déguiser, marmonne-t-elle en posant les doigts sur son cœur de cristal. Tu as un avantage sur moi, maintenant, ajoute-t-elle avec une moue.

Chloé trouve ce commentaire un peu râleur.

— Je ne l'ai pas fait pour ça, se défend-elle, mais pour me mettre dans la peau du personnage.

Véro lève les yeux au ciel et tire sur son pendentif.

— Peu importe, dit-elle.

M. Watson tape des mains pour obtenir leur attention. Les auditions commencent.

Jenny Thomas est la première. Elle n'a pas mémorisé toutes les répliques, mais comme elle n'est pas réputée pour être une bollée, l'enseignant lui permet de lire le texte. À part le fait qu'elle ponctue chaque réplique d'un mouvement de sa longue chevelure dorée, Jenny s'en tire convenablement.

— Croit-elle passer une audition pour une pub de shampoing? chuchote Véro.

Chloé pince les lèvres pour ne pas rire.

Lorsque Jenny a terminé, ses amies l'applaudissent avec enthousiasme. Jenny sourit et fait voler ses cheveux dans tous les sens.

M. Watson ne fait aucun commentaire. Il se contente de prendre quelques notes, puis dit :

— Suivant!

Billy Tibbs, un garçon de neuvième année avec des broches, auditionne pour le rôle principal masculin, celui de John Proctor. Madeleine Arnold, une fille de huitième année plutôt timide, lit les répliques de sa femme Elizabeth. L'expression de M. Watson ne révèle pas son opinion sur ces prestations. Il écrit sur sa feuille et lance :

— Suivant!

C'est le tour de Véro. Elle se dirige d'un pas assuré vers l'avant de la pièce. Chloé déteste l'admettre, mais elle est tiraillée : elle espère que sa nouvelle amie réussira, tout en craignant que son talent ne lui laisse aucune chance.

— Vas-y, dit l'enseignant.

Véro est très douée. Elle interprète le rôle de la jeune, cruelle et envieuse Abigaïl avec une voix forte et des expressions outrées. Elle déclame son texte avec beaucoup d'énergie et un ton colérique. Chloé ne cesse de jeter des coups d'œil à M. Watson, pour essayer de deviner ce qu'il pense. Mais son visage demeure impassible.

Quand Véro a terminé, Chloé applaudit de toutes ses forces. Les amies de Jenny lui jettent des regards courroucés.

— Suivant! dit l'enseignant.

C'est le tour de Chloé d'aller se placer en avant. Elle avale nerveusement sa salive, regardant tour à tour Jenny et sa clique, M. Watson et Véro.

Le visage de son amie est encore rouge d'excitation après sa lecture enthousiaste. Mais Chloé est surprise de voir qu'au lieu de lui adresser un sourire d'encouragement, elle la fixe avec une expression aussi froide et compétitive que Jenny.

Finalement, M. Watson lève les yeux de ses notes et regarde Chloé. À son grand étonnement, un petit sourire, le premier de la journée, se dessine sur son visage.

— Excellent détail, ces tresses, mademoiselle Radisson.

— Heu, merci, balbutie-t-elle en évitant de croiser le regard de Véro.

— Tu peux commencer.

Elle prend une grande inspiration, laissant le personnage d'Abigaïl Williams s'emparer de sa personne. Comme elle s'y était attendue, les autres interprètes ont haussé le ton, crié et tapé du pied pour illustrer sa méchanceté. Mais Chloé reste fidèle à sa décision de jouer le rôle de façon plus retenue. Elle plisse les yeux et, d'une voix basse, mais frémissante de rage, récite les paroles lourdes de sens :

— *Si tu laisses échapper un mot ou même une syllabe au sujet des autres choses, j'irai te trouver au*

plus noir d'une nuit terrible, et je te ferai trembler pour
quelque chose. Et tu sais que je le ferai!

En prononçant ces derniers mots dans le silence, elle tend le bras et pointe un doigt tremblant vers un ennemi invisible. Son visage est tordu dans une expression de rage incontrôlable.

Personne ne bouge. Personne ne parle. La dernière réplique semble flotter dans l'air. Chloé garde cette pose dramatique, laissant son regard balayer la pièce.

Véro est bouche bée.

Billy et Madeleine la contemplent avec admiration.

Même Jenny Thomas semble impressionnée.

Quant à M. Watson…

… il sourit!

— Très bien, Chloé Radisson, murmure-t-il en encerclant quelque chose sur sa feuille. Très bien.

Quand tout le monde a passé son audition, il reste cinq minutes avant la première cloche. Chloé et Véro sortent de la classe et se retrouvent derrière Jenny et compagnie.

— Tu étais *merveilleuse*, Jenny! gazouille une de ses suivantes.

— Vraiment! renchérit une autre. Très théâtrale!

Jenny ne les remercie pas. Ce n'est pas nécessaire. C'est leur rôle et elles le savent.

— J'ai oublié une réplique, marmonne-t-elle.

— Et alors? dit une troisième fille. Tes *cheveux* étaient parfaits!

— Je *sais*! dit Jenny en rejetant ses cheveux blonds par-dessus son épaule. Ils sont *toujours* parfaits.

Elle soupire, puis sort un élastique de son sac à dos couvert de clinquants pour remonter ses mèches en queue de cheval. Ce faisant, elle fouette le visage de Véro avec ses cheveux sans s'en rendre compte.

— Hé!

Jenny se retourne vivement et lui jette un regard hautain.

— Tu as un problème, la petite de septième année? dit-elle en nouant sa queue de cheval lisse et parfaite.

— Tu te penses cool parce que tu es blonde? réplique Véro.

— Non, déclare Jenny. Je me pense cool parce que je *suis* cool. Les cheveux blonds sont en prime.

— Je pourrais être blonde aussi, si je voulais, lance Véro. Connais-tu le *peroxyde d'hydrogène*?

Chloé se dit qu'en fait, il y a des chances que Jenny ne connaisse pas ce terme.

— Insinuerais-tu que Jenny se teint les cheveux? proteste l'une de ses acolytes.

— Non! intervient Chloé. Elle n'insinue rien du tout!

— J'espère bien! lance Jenny. Parce que ma couleur de cheveux est complètement naturelle! Enfin, c'est évident! Les cheveux teints ne sont pas aussi brillants! Et ce n'est pas de tes affaires, la petite, mais mon

coiffeur dit que j'ai des follicules pileux fragiles. Alors, je ne mettrais jamais de produits chimiques dans mes cheveux, même si ma vie en dépendait!

Là-dessus, elle remet son sac à dos orné de brillants sur son épaule.

— Venez, les filles. J'ai gym à la première période. J'espère que les douches dégueulasses du vestiaire ont de l'eau chaude, aujourd'hui. La semaine dernière, elle était à peine tiède!

— L'as-tu mentionné au concierge? demande le larbin numéro un pendant qu'elles s'éloignent dans le couloir.

— Si « mentionné » veut dire « menacé de mort », oui, je l'ai fait!

Le groupe de filles disparaît en gloussant au bout du couloir.

Quand elles sont parties, Véro croise les bras.

— Des follicules fragiles? Pourquoi a-t-elle de beaux cheveux blonds si soyeux alors que j'ai une horrible tignasse brun-roux? Il n'y a pas de justice! Ses cheveux sont comme le soleil, alors que les miens ressemblent à des ressorts rouillés!

— Ce n'est pas vrai, lui dit Chloé. Tes cheveux sont très beaux! Ils sont uniques!

— Unique est juste une autre façon de dire affreux.

— Mais non!

— Bon, alors c'est une autre façon de dire « pas blonds », dit Véro en soupirant. Ce *n'est pas juste* qu'elle ait de beaux cheveux et pas moi.

Chloé la regarde fixement. Elle n'a jamais connu quelqu'un aussi ridiculement jaloux. Depuis quand la couleur des cheveux a-t-elle quelque chose à voir avec la justice? Si elle se souvient bien de ses notes de sciences, cela dépend de l'ADN et de l'hérédité. Le concept de justice n'entre pas dans l'équation.

— Je connais des gens qui préfèrent les cheveux roux aux blonds, dit-elle en se mettant à marcher.

Il ne reste que trois minutes avant la première cloche, et sa classe-foyer se trouve de l'autre côté de l'édifice, au rez-de-chaussée. Et elle doit passer aux toilettes avant le cours pour enlever son costume pseudo-colonial.

— Qui donc? réplique Véro d'un ton sec en pressant le pas pour la rejoindre.

— Heu, David Guérin, entre autres, répond Chloé en rougissant, comme chaque fois qu'elle prononce le nom de ce garçon. C'est le grand frère de Sophie, et un des plus beaux gars de neuvième année. Selon Sophie, David adore les rousses.

Cette information semble calmer la colère de Véro.

— Peux-tu garder un secret? demande Chloé.

Véro hoche la tête.

— J'ai un peu le béguin pour David. Enfin, je n'ai aucune chance parce que je suis seulement en septième année et que je suis la meilleure amie de sa sœur. Mais si je pouvais choisir un seul garçon de l'école, ce serait David.

Véro glousse.

— Je te jure que je ne le dirai à personne.

Elles parviennent au couloir qui mène à l'aile des sciences, où se trouvent le planétarium et les labos.

— Je dois y aller, dit soudain Véro. On se verra au dîner!

— Oh, fait Chloé en clignant des yeux. D'accord.

Véro pivote et se dirige vers l'aile des sciences. Comme il ne reste que deux minutes, Chloé doit accélérer le pas pour ne pas être en retard.

En frissonnant, elle décide d'emprunter l'escalier sud, pour une fois.

CHAPITRE QUATRE

Chloé met plus de temps que prévu à se changer, et arrive en classe deux minutes et demie après la cloche.

—Tu es en retard! décrète Mme Venne, son enseignante titulaire, en inscrivant cette infraction en rouge dans le cahier des présences.

—Désolée, marmonne Chloé en allant s'asseoir.

Puis l'enseignante passe aux annonces de la journée et Chloé se perd dans ses pensées.

Elle a réussi son audition, c'est indéniable! Elle ne veut pas se vanter, mais sa performance était bien meilleure que celles de Jenny et de Véro. Elle a même surpassé la fille de neuvième année qui a servi de tutrice à Sophie pour l'examen de français, et trois autres élèves de huitième, dont Caroline Fletcher, qui est une prodige du violoncelle et la meilleure joueuse de soccer de l'équipe des filles. Conclusion : si

M. Watson ne lui donne pas le rôle d'Abigaïl, c'est soit parce qu'il est totalement incompétent, soit parce que Jenny Thomas l'a menacé de mort en même temps que le concierge.

Après la classe-foyer, Chloé va au casier de Sophie, qui se trouve à deux portes du local du prochain cours. Cette rencontre fait partie de leur routine quotidienne. Bruno se joint généralement à elles. Son casier est à côté de celui de Sophie.

— Salut! lance Chloé

Sophie jette un livre dans son casier.

— Salut.

— Mon audition s'est bien passée, je pense, dit Chloé en s'appuyant au casier de Bruno. Je me suis souvenue de toutes mes répliques, et je me suis vraiment mise dans la peau du personnage!

— Tant mieux pour toi, grommelle Sophie.

— Qu'est-ce que tu as? Il y a un problème?

— Peut-être, répond Sophie.

Elle claque la porte de son casier, la faisant sursauter. Ce comportement ne lui ressemble pas.

— Es-tu fâchée contre moi? demande Chloé, perplexe.

Mais en regardant son amie, elle constate qu'elle semble plus blessée que fâchée.

— Tu m'as laissée tomber, hier soir, dit Sophie d'une voix tendue. J'avais préparé une liste de chansons sur mon iPod à écouter en étudiant. J'avais

même rédigé un guide d'étude et prévu des collations! Et tu n'es pas venue. Tu ne m'as même pas appelée pour dire que tu ne viendrais pas!

On dirait qu'elle a envie de pleurer. Chloé cligne des yeux, surprise par ces accusations.

— Je t'ai appelée! Enfin, j'ai envoyé un texto.

Elle secoue la tête, car techniquement, ce n'est pas tout à fait exact.

— En fait, c'est Véro qui t'a envoyé le message, ajoute-t-elle.

— Elle ne m'a rien envoyé, dit Sophie.

— Mais oui! Je l'ai vue! Je lui ai même dit quoi écrire!

— Ah bon? rétorque Sophie avec un air de défi. Que lui as-tu dit, exactement?

— Je lui ai dit d'écrire qu'on s'excusait, mais qu'on devait répéter pour l'audition de ce matin. Et aussi qu'on se rattraperait une autre fois.

Sophie ouvre son casier pour prendre son cahier de vocabulaire.

— Alors, pendant que je bûchais toute seule sur l'algèbre, Véro et toi répétiez votre texte ensemble?

Elle a l'air encore plus blessée.

— Non! s'empresse de dire Chloé. J'étais chez moi, et elle était chez elle. On n'a pas répété ensemble.

— Non?

—Non! répète Chloé, qui ne comprend pas pourquoi ce détail importe tant à Sophie. On n'a pas répété ensemble, je te dis!

Cela semble rassurer un peu son amie.

Encouragée, Chloé sort son téléphone de sa poche de jean.

—Je vais vérifier avec Véro pour le texto.

Sophie attend patiemment pendant qu'elle envoie un message. La réponse de Véro est presque instantanée :

OMD! J'ai dû mal entrer son numéro!

Pour me reprendre, je vous invite TT les 2 à dormir chez moi ce soir.

Gâteries et jeux inclus! K. et A. sont aussi invitées.

Chloé montre le message à Sophie.

—Tu vois? C'était juste une erreur.

Sophie hausse les épaules.

—Je suppose...

Elle ne semble pas aussi convaincue que Chloé le souhaiterait, mais c'est mieux que rien.

—Alors, tout est arrangé? demande-t-elle.

—Mais oui, répond Sophie avec un air penaud. J'étais seulement triste parce que j'ai cru...

—Tu as cru quoi?

—Que tu préférais passer du temps avec Véro plutôt qu'avec moi, termine Sophie en baissant les yeux d'un air embarrassé.

—Tu veux rire?

 45

Chloé enlace aussitôt son amie.

— Tu es ma meilleure amie. Ça n'arrivera jamais! Jamais!

— Qu'est-ce qui n'arrivera jamais? demande Bruno, qui vient d'arriver et ouvre son casier.

— Rien, répond Sophie en souriant à Chloé.

Soudain, Chloé se souvient de ce qui s'est passé la veille à la cafétéria.

— Ça fait un bout de temps qu'on ne t'a pas vu, Bruno, dit-elle sèchement. Ou plutôt qu'on n'a pas mangé avec toi.

— Hein? dit le garçon en rangeant sa casquette dans le casier. De quoi parles-tu?

— Tu ne t'es pas assis avec nous hier midi, lui rappelle Sophie. Tu semblais avoir eu une meilleure offre.

— Avec Adriana, tu veux dire? réplique le garçon d'un air songeur.

— Et toute la clique de la claque, répond Chloé.

— Ouais, dit Bruno en levant les yeux au ciel. Les meneuses de claque sont comme les petits poudings : elles viennent en paquet!

— Peut-être, dit Sophie, mais ça n'explique pas pourquoi tu t'es assis avec elles au lieu de nous.

— Oui, *nous!* répète Chloé. *Tes amies!*

— C'était l'idée de Dimitri, explique Bruno. Il a un faible pour Adriana.

— Comme six millions d'autres gars, souligne Sophie.

— C'est vrai, admet Bruno. Mais les six millions d'autres gars n'ont pas un père qui est président du Club d'entraide des athlètes.

Chloé fronce les sourcils. Qu'est-ce que ce club? Il aide les athlètes dans le besoin?

— Le père de Dimitri s'occupe de l'association de parents qui amasse de l'argent pour les sports d'équipe. Ce sont eux qui décident comment est dépensé le budget du département sportif.

— Quel est le rapport avec Adriana?

— Elle est capitaine des meneuses de claque. Elle veut que l'argent amassé pour l'équipe de tir à l'arc soit attribué aux nouveaux uniformes des filles de son équipe.

— L'école a une équipe de tir à l'arc? demande Chloé en levant un sourcil.

— Non, répond le garçon. C'est pour ça que le club a amassé des fonds. Pour en créer une.

Sophie lève les yeux au ciel.

— Et cette sournoise d'Adriana s'est dit que si elle faisait du charme à Dimitri, elle pourrait le convaincre de dire à son père d'acheter de nouvelles jupes pour son équipe au lieu d'arcs et de flèches?

— Exactement, dit Bruno en refermant son casier. Dimitri ne le fera pas, évidemment. Il aimait juste l'idée que la reine Adriana lui fasse les yeux doux.

Ah, les gars! pense Chloé, avant de dire tout haut :

— Alors, on vous verra ce midi?

Bruno hoche la tête et ajoute :

— Une équipe de tir à l'arc! Tu imagines? Un sport de plus dans notre carquois!

Il éclate de rire.

— Je ne comprends pas, dit Chloé.

— Un carquois! répète Bruno. Tu sais, le truc sur le dos des types qui font du tir à l'arc, pour tenir leurs flèches? Tu n'as jamais vu un film de Robin des Bois?

— Les types qui font du tir à l'arc sont des archers, précise Sophie en riant. Mais elle était bonne, Bruno, ajoute-t-elle en rougissant. En passant, bonne chance pour la partie de football de demain!

— Merci, Sophie.

Puis Bruno surprend Chloé en adressant un clin d'œil à Sophie avant de s'éloigner au pas de course.

Elle s'apprête à faire un commentaire sur ce comportement de séducteur, quand l'alarme de son téléphone l'avertit qu'un nouveau texto vient d'entrer. Elle le lit, et son ventre se serre.

— Qu'est-ce qu'il y a? demande Sophie.

Pour toute réponse, elle lui montre le texto. Il vient de Kim, qui est dans la même classe-foyer que la capitaine des meneuses de claque. Le message est court et sans équivoque :

ADRIANA = ABSENTE!! :0

Lorsque Chloé prend place à la table de la cafétéria, Sophie, Kim et Alicia y sont déjà. Elle remarque que Kim a le teint pâle. Elle ne touche pas à sa nourriture, ce qui est inhabituel. Kim est la plus petite des quatre copines, mais c'est elle qui a le plus gros appétit. De toute évidence, le fait que Véro ait « prédit » l'absence d'Adriana à l'école aujourd'hui bouleverse Kim.

La vérité, c'est que Chloé était plutôt ébranlée au début, mais maintenant qu'elle a eu toute la matinée pour y penser, elle a décidé qu'il doit s'agir d'une coïncidence.

— C'est inquiétant! chuchote Kim. Adriana n'est *jamais* absente.

— C'est probablement parce qu'elle ne peut pas supporter de ne pas être la vedette, même pour une journée, blague Chloé.

— Ce n'est pas drôle, Chloé! rétorque Alicia en secouant la tête. C'est comme si Véro avait fait quelque chose pour *empêcher* Adriana de venir à l'école...

Chloé lève les yeux au ciel.

— Voyons, Alicia! Véro n'est pas comme ça!

— Je sais que tu l'aimes bien, dit Sophie d'un ton amical. Et je comprends que tu prennes sa défense. Mais tu dois admettre que c'est étrange.

— Elle tripotait son drôle de collier, hier, fait remarquer Kim. Peut-être que son cristal a des pouvoirs magiques!

Chloé n'en croit pas ses oreilles.

— Tu es sérieuse?

Kim hausse les épaules et picore dans son assiette de macaroni au fromage.

— Pourquoi pas? dit-elle. Après tout, elle vient de Salem. Il est possible que son cristal soit imprégné de magie. Peut-être qu'elle ne contrôle pas ce qui arrive quand elle le porte.

— C'est ridicule! proteste Chloé, incrédule. Les filles, vraiment! Ce n'est plus l'Halloween!

Elles se regardent en silence un moment.

— Je suis d'accord avec Chloé, finit par déclarer Sophie. C'est ridicule de croire que le cristal de Véro a des pouvoirs ou qu'elle ait fait quoi que ce soit à Adriana.

— Alors, vous voulez toujours aller à sa soirée pyjama? demande Kim d'une petite voix tremblante.

— Bien sûr que oui, répond Chloé. Ce sera amusant.

Kim et Alicia échangent un regard.

— Très bien, dit Alicia. Je vais y aller. Mais seulement parce que je ne veux pas qu'elle m'envoie un sort avec son pendentif de cristal!

Elle soupire, croque dans une carotte, puis reprend :

— Selon un vieux dicton, les diamants sont les meilleurs amis des filles. J'espère seulement que les cristaux ne sont pas leurs pires ennemis!

Chloé éclate de rire, mais quelque chose lui dit qu'Alicia ne blague pas.

CHAPITRE CINQ

Chloé a hâte à la soirée pyjama. Malgré ce qu'ont dit Kim, Alicia et Sophie le midi, elle est convaincue que Véro est une fille bien. Elle espère que cette soirée permettra à ses amies de s'en rendre compte.

Elle va chez Sophie après l'école pour préparer des carrés au chocolat et aux pacanes en prévision de la fête. La mère de Kim va envoyer un gros contenant de ses célèbres biscuits à l'avoine et au caramel écossais. Alicia a promis d'apporter d'énormes sacs de croustilles, de bâtonnets au fromage, de nachos et de bretzels moutarde et miel. Quant à Véro, elle fournira la pizza et diverses boissons gazeuses.

La maison de Véro est l'une des plus charmantes demeures historiques de la vieille ville. Entre autres caractéristiques pittoresques, elle comporte d'étroits escaliers dissimulés, un plancher de lattes larges et une cheminée dans chaque chambre, y compris celle que Véro partage avec sa grande sœur Jasmine. Heureusement, Jasmine garde les enfants des voisins, et les amies ont la chambre pour elles seules durant toute la soirée. Chloé aime particulièrement la fenêtre au-dessus du lit de Véro s'ouvrant sur une vue magnifique de l'océan. Au moment du souper, une lune toute ronde projette déjà un faisceau blanc lumineux sur l'eau.

— Ce sera la meilleure soirée pyjama au monde! déclare Chloé.

Kim hoche la tête pour manifester son accord, en entamant une autre pointe de pizza double fromage et pepperoni.

La vague de chaleur des derniers jours a pris fin cet après-midi. La température a chuté, et la nuit est fraîche. Après avoir mangé, les filles enfilent des pyjamas confortables, des pantoufles douillettes et des peignoirs bien chauds. Le père de Véro a allumé un feu dans la cheminée de la chambre pour réchauffer la pièce. Elles disposent leurs sacs de couchage par terre, devant l'écran pare-feu. Les flammes dorées vacillent, projetant une lumière ambrée dans la pièce. Chloé ne peut s'empêcher de remarquer que les coins de la chambre sont plongés dans l'ombre, mais elle refuse de se laisser gagner par l'inquiétude et s'assoit sur son sac de couchage.

— Jouons à quelque chose, propose-t-elle.

— Vérité ou conséquence! s'exclament Kim et Alicia.

— Un jeu classique de soirée pyjama, dit Véro en gloussant. Bon, je commence. Vérité ou conséquence? demande-t-elle en se tournant vers Chloé.

— Vérité.

Véro pose la main sur son cœur en cristal et dit, d'un ton soudain sérieux :

— D'accord. Parmi celles qui sont ici, qui considères-tu comme ta meilleure amie?

Chloé cligne des yeux.

— Quoi?

— De nous quatre, qui aimes-tu le plus? précise Véro.

Quelle question insidieuse! Pourquoi Véro la met-elle dans une situation pareille? La vérité, évidemment, c'est que Sophie est sa meilleure amie. Elle l'est depuis la première année. Mais le dire à haute voix, devant Kim et Alicia, et même Véro, serait un manque de tact.

Est-il trop tard pour choisir conséquence? se demande-t-elle.

— Alors? insiste Véro, les yeux luisant d'une lueur farouche. Tu dois répondre. C'est le jeu.

Même s'il fait froid dehors, le feu ronflant — et cette question déplacée — font transpirer Chloé.

— Fiou, quelle chaleur!

Cherchant à gagner du temps, elle fait mine d'être occupée à relever les manches de son pyjama de tissu polaire.

— Maintenant que tu le mentionnes, c'est vrai qu'il fait chaud, dit Véro.

Elle se lève pour ouvrir son peignoir de chenille. Ce faisant, l'attache de son collier s'accroche au tissu. En tirant sur le peignoir, elle fait tomber le collier. Ce dernier atterrit sur son sac de couchage.

— Oups! fait-elle en se penchant pour le ramasser, puis elle le lance dans le placard. Bon, revenons à nos moutons! Où en étions-nous?

— Tu as demandé à Chloé qui était sa meilleure amie, lui rappelle Alicia.

Véro fronce les sourcils.

— Vraiment?

Les quatre filles hochent la tête.

— Eh bien, tu n'as pas besoin de répondre, dit Véro d'un air désolé. Je faisais juste des blagues. C'est une question idiote. Oublie ça!

C'est étrange, mais Chloé a l'impression que Véro est sincère. Elle pousse un soupir de soulagement.

— Au tour de quelqu'un d'autre, dit Véro.

— Moi, lance Kim en se tournant vers Alicia. Vérité ou conséquence?

— Conséquence! dit Alicia en souriant. Et trouves-en une bonne!

— Tu dois aller seule vers l'escalier lugubre à l'arrière de la maison, dans l'obscurité, et descendre jusqu'à la cuisine sombre et déserte, et puis...

Alicia avale sa salive.

— Et puis?

— Et puis... m'apporter le reste de la pizza au pepperoni! termine Kim avec un grand sourire.

— Oh là là! dit Alicia. Je pensais que tu me ferais faire quelque chose de terrifiant!

— Mais *c'est* terrifiant, remarque Chloé. Pour l'estomac de Kim! Elle a déjà mangé cinq pointes de pizza, la moitié du sac de nachos, trois carrés au chocolat et un biscuit!

Kim sourit et bat des cils.

— Est-ce ma faute si j'ai un métabolisme ultra rapide?

Alicia s'extirpe de son sac de couchage et part s'acquitter de sa mission. Deux minutes plus tard, elle revient non seulement avec la pizza de Kim, mais avec les nachos, les bâtonnets au fromage, une bouteille de boisson aux raisins et le reste des carrés au chocolat.

— C'est mon tour, déclare Sophie en se tournant vers Véro avec une expression déterminée. Vérité ou conséquence?

— Vérité!

Cela semble être la réponse qu'attendait Sophie.

— Très bien. Alors, sois honnête. Comment as-tu su que Chloé trouverait son cardigan jaune au fond du

panier de sa sœur? Et qu'est-il arrivé à Adriana Faucher pour qu'elle ne vienne pas à l'école?

Chloé écarquille les yeux. Alicia laisse échapper une exclamation étouffée. Même Kim se fige, sa pizza à la main. Elles n'arrivent pas à croire que Sophie vient de poser ces questions. Mais elles sont heureuses qu'elle l'ait fait.

— N'oublie pas, précise Sophie d'un ton solennel. Tu dois dire la *vérité*.

Pendant un moment, Véro les regarde tour à tour en silence. Après ce qui leur paraît une éternité, elle secoue la tête.

— Je ne sais vraiment pas de quoi tu parles.

— Dis-le-nous, insiste Chloé. On ne sera pas fâchées, c'est promis!

— Vous dire *quoi*? réplique Véro, les mains tournées vers le haut et les sourcils froncés.

— Si ton collier a des pouvoirs! s'écrie Kim.

— Ouais! renchérit Alicia. Est-ce qu'il est... magique? Enchanté? Radioactif? Allez, avoue. Quel est ton secret?

— Magique? Enchanté? répète Véro avec une expression étonnée.

En fait, un mot plus inquiétant plane dans l'esprit de Chloé : *ensorcelé*. Mais elle ne peut se résoudre à le dire tout haut.

— Tu jouais avec ton collier quand tu nous as dit qu'Adriana ne viendrait pas à l'école, souligne Sophie.

On a pensé que ce truc en cristal avait peut-être un pouvoir magique!

— Un pouvoir qu'aucun mortel ne peut contrôler, ajoute Alicia.

Chloé soupire.

— C'est un peu exagéré, Alicia, non?

Véro secoue la tête, incrédule.

— Un pouvoir magique? Voyons donc!

L'instant d'après, elle se roule littéralement par terre en riant. Elle rit tellement que des larmes coulent sur ses joues. Ses invitées la contemplent, interloquées.

Plusieurs minutes s'écoulent avant qu'elle ne se calme suffisamment pour reprendre son souffle.

— Je crois comprendre pourquoi vous avez pensé ça, finit-elle par dire. C'est moi qui ai mentionné le lien avec Salem et les sorcières. Mais je vous le dis, juré craché, mon collier n'a aucun pouvoir magique. Ce n'est qu'un bijou de pacotille rétro que j'ai acheté dans un magasin d'antiquités.

— Et mon cardigan? demande Chloé.

— Ça, c'est ce qu'on appelle une supposition éclairée. Tu vois, mon premier indice était qu'un vêtement avait disparu, et mon deuxième était que tu avais attendu une éternité pour avoir la salle de bain. Par expérience, je sais que non seulement les grandes sœurs monopolisent toujours la salle de bain, mais aussi qu'elles ont tendance à emprunter des trucs à leurs jeunes sœurs sans leur demander la permission.

Jasmine a emprunté mon pantalon capri préféré il y a trois ans, et je ne l'ai jamais revu.

Chloé pousse un énorme soupir.

— Pas étonnant que tu aies su où se trouverait mon cardigan.

— Ça n'explique pas ce qui est arrivé à Adriana, dit Sophie.

— Oh, ça! répond Véro avec un geste nonchalant de la main. Quand je suis revenue au comptoir de la cafétéria pour prendre un lait au chocolat, Adriana était là. Elle venait de recevoir un texto de sa mère.

— Tu as lu son message? demande Alicia.

— Bien sûr que non. Elle l'a lu à une de ses copines. Sa mère lui rappelait de dire à son enseignant qu'elle serait absente vendredi à cause d'une importante réunion familiale à l'extérieur de la ville. Même si j'avais un pouvoir magique, croyez-vous que je l'utiliserais pour faire du mal à Adriana, ou à n'importe qui d'autre? demande-t-elle d'un air vexé.

Les autres filles échangent des regards coupables.

— Cette possibilité nous faisait peur, admet Chloé. On ne te connaît pas depuis longtemps, et avoue que c'était une curieuse coïncidence.

— C'est vrai, dit Véro. Enfin, j'espère que vous me croyez quand je vous dis que je ne ferais jamais une chose pareille.

— Maintenant, oui! l'assure Kim en glissant une tranche de pepperoni dans sa bouche.

— Bon, dit Véro. Changeons de jeu. Faisons quelque chose de plus captivant!

— Comme? demande Sophie.

— Raconter des histoires de fantômes! lance Véro en souriant.

Les flammes crépitent dans la cheminée, projetant des ombres dansantes sur les murs de la chambre de Véro. La seule autre lumière est la lueur froide et laiteuse de la lune, qui s'infiltre à travers les rideaux de dentelle.

— Ça se passait en 1692! déclare Véro. Salem, Massachusetts, était un endroit dangereux. Les gens pieux de la ville vivaient dans la crainte, car il y avait des rumeurs d'êtres malveillants qui allaient dans les bois à minuit. Minuit! L'heure où les esprits rôdent sur la Terre et où se produisent des choses diaboliques!

— Elle est bonne, chuchote Sophie à Chloé du coin de la bouche.

Chloé hoche la tête et tourne les yeux vers le réveil sur la table de chevet. Il est minuit moins le quart, ce qui n'est pas très rassurant après ce que vient de dire Véro au sujet des esprits. Elle remonte son sac de couchage jusqu'à ses épaules et se rapproche de Sophie.

— Pourquoi quelqu'un irait-il dans les bois à minuit? demande Alicia.

— Pourquoi? Pour appeler les esprits et lancer des mauvais sorts! répond Véro d'une voix sifflante comme un serpent.

Kim pousse une exclamation terrifiée et engloutit un brownie pendant que Véro poursuit son histoire.

— Une femme nommée Martha vivait à Salem. C'était une belle femme aux yeux bruns, très vaniteuse. Ses robes étaient taillées dans les tissus les plus coûteux. Elle portait même des bijoux, ce que les Néo-Anglais coloniaux désapprouvaient. Pire encore, on disait que des esprits malfaisants étaient ses fidèles acolytes.

— C'est quoi, un acolyte? demande Kim.

— Un complice, répond Sophie.

Kim fronce les sourcils.

— Pourquoi n'a-t-elle pas dit *complice*, alors?

— Parce que le mot *acolyte* est plus beau.

— Je ne trouve pas.

— C'est plus authentique, dit Chloé.

— Oh. Ça veut dire quoi, au juste?

— Ça veut dire d'époque.

— J'ai compris, dit Kim en prenant une poignée de bâtonnets au fromage. Continue! lance-t-elle à Véro.

— Toute la ville savait que Martha était amoureuse d'un homme appelé Zacharie.

— Attends! Les sorcières peuvent être amoureuses?

— Apparemment.

— *Chut!* Laisse-la raconter son histoire!

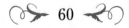

— Pardon. Continue.

— Merci, dit Véro.

Elle se rapproche du feu. À présent, les flammes éclairent son visage d'un seul côté, laissant l'autre moitié dans l'ombre, comme s'il y avait deux parties d'une même personne.

Sinistre! Chloé se blottit dans son sac de couchage en frissonnant.

— Zacharie était un homme bien, et n'avait aucune intention d'épouser une vilaine sorcière. Mais Martha ne voulait pas accepter son refus. Elle a annoncé que si elle ne pouvait pas avoir Zacharie, aucune autre femme ne l'aurait. Jamais! Et si elle devait avoir recours à la magie noire, c'est ce qu'elle ferait!

— On dirait que cette Martha était du type jaloux, dit Chloé avec un petit sourire.

— Tu crois? dit Sophie en gloussant.

— Un jour, une femme appelée Arabella est arrivée à Salem. Elle avait traversé l'océan pour venir vivre au Nouveau Monde, et refaire sa vie dans l'État du Massachusetts.

— Alors, elle était nouvelle en ville, comme toi! intervient Alicia.

— Arabella était plus belle que toutes les femmes de Salem, même Martha. Mais contrairement à Martha, elle était bonne et gentille. Les gens du coin l'ont tout de suite aimée. Surtout...

Véro s'interrompt et les regarde.

— Zacharie? devine Chloé.

— Oui! acquiesce Véro. En moins de deux huitaines...

— C'est quoi, une huitaine? demande Kim.

— Une semaine. *Chut!*

— En moins de deux huitaines, Zacharie a déclaré son amour à Arabella et a demandé sa main.

— *Ahhh!* soupire Alicia en mâchonnant un nacho. Comme c'est touchant.

— Oui, dit Véro. Très romantique. Et toute la ville approuvait ce mariage.

Chloé frissonne en voyant la moitié éclairée du visage de Véro se rembrunir.

— Mais quelqu'un ne partageait pas leur enthousiasme. Pouvez-vous deviner qui?

— Martha! s'écrient Kim, Alicia et Sophie.

— Martha! confirme Véro d'une voix grave et lugubre.

Au soulagement de Chloé, elle se déplace et son visage sort de l'ombre. Elle redevient entière, comme avant.

— Qu'a fait Martha? demande Sophie d'un ton anxieux.

— Elle était dévorée par la jalousie! Chaque fois qu'elle voyait Zacharie se promener avec Arabella, elle bouillonnait de rage. Elle devenait si furieuse que son visage autrefois si beau devenait rouge vif et se tordait, se transformant en horrible masque de haine! Selon la

légende, sa jalousie était telle que ses yeux bruns sont devenus verts!

— Oh! s'exclame Kim. C'est pour ça qu'on dit « vert de jalousie »!

— C'est ça, dit Chloé en lui donnant un coup de coude. Maintenant, tais-toi!

— À l'approche du jour du mariage de Zacharie et d'Arabella, d'horribles choses ont commencé à se produire. Le pasteur qui devait les unir, M. Pastor...

— Quoi? lance Chloé en riant. Son nom de famille était Pastor?

— Oui. Pourquoi?

— Rien, c'est juste drôle. Allez, continue.

— La semaine avant la cérémonie, le pasteur Pastor est tombé de cheval et s'est fracturé les deux jambes. Les femmes qui devaient préparer la nourriture pour la réception ont toutes attrapé la variole. Et la jolie petite chapelle où les époux devaient prononcer leurs vœux a été infestée par les rats!

— Les rats?

— Ouache!

— Dégueu!

— Et c'était Martha qui causait tout ça?

— Ils ne pouvaient pas le prouver, évidemment, mais tout le monde pensait que c'était elle. Et savez-vous quelle était la punition pour la sorcellerie à l'époque?

— Assignation à domicile? suppose Alicia.

— Pire que ça.

— La prison? dit Kim.

— Non.

— Quoi, alors? demande Chloé.

— Toutes celles qui étaient trouvées coupables de sorcellerie étaient brûlées vives sur un bûcher.

Au même moment, une bûche tombe dans le foyer, provoquant une flambée soudaine accompagnée d'un grésillement sonore. Les filles lâchent toutes un cri.

— Ont-ils brûlé Martha? demande Chloé.

— Ils n'ont pas pu, explique Véro. Ils ont tenu un procès, mais personne n'a pu fournir de preuves que Martha était la cause de la variole et des rats. De plus, selon la légende, le pasteur avait peur de brûler Martha. Il croyait que son âme démoniaque était si remplie d'envie et de jalousie que s'ils la brûlaient, la fumée serait imprégnée de sa méchanceté et avilirait les cœurs et les esprits de tous les habitants de Salem. Il croyait que la seule façon sécuritaire de se débarrasser d'elle était de lui planter une flèche en plein cœur, au moment précis où elle serait au point culminant d'une crise de jalousie.

— Aïe!

— Oh!

— Ouf!

— Bien entendu, après la proclamation du pasteur, ils l'ont trouvé mort dans un pré... avec une flèche enfoncée dans le cœur. Pauvre pasteur Pastor! conclut Véro en hochant tristement la tête.

Les filles gardent le silence, absorbant ces détails lugubres.

— J'espère que cette histoire finit bien, murmure Sophie.

Véro hausse les épaules :

— Eh bien, ils ont fait venir un autre pasteur d'un village voisin pour célébrer le mariage. Tout le monde s'est dit qu'une fois Zacharie et Arabella mariés, Martha finirait par se calmer. Et c'est ce qu'elle a fait. Du moins en apparence. Durant quelque temps, tout allait bien. Puis un matin, un cadeau de mariage anonyme a été déposé sur le pas de la porte d'Arabella. C'était un joli colifichet.

— Un colis fiché? dit Kim.

— Un colifichet, répète Véro.

— Qu'est-ce que c'est?

— Un ornement, comme un bijou de fantaisie, explique Sophie

— Pourquoi ne dit-elle pas un bijou, alors? demande Kim.

— *Chut!* fait Chloé en jetant un regard sévère à Kim.

Le feu est en train de s'éteindre. La pièce s'est rafraîchie et assombrie. La voix de Véro semble trembler dans l'obscurité.

— Ce cadeau était un petit cristal. Le message qui l'accompagnait disait qu'Arabella devait toujours le garder sur elle, que cela la protégerait. Alors, le forgeron a pris le cristal et a fabriqué un collier pour Arabella, afin qu'elle soit protégée des rats, de la variole et des chevaux fous.

— Je pensais que les puritains n'avaient pas le droit de porter de bijoux, fait remarquer Chloé.

— C'est vrai, réplique Véro. Mais c'était un cas spécial. Les gens de la ville craignaient que Martha ne recommence ses mauvais sorts, et comme ils aimaient Arabella, ils ont fait une exception pour elle.

— Même dans ce temps-là, ça aidait d'être populaire! lance Alicia.

— Alors, comment ça se termine? demande Sophie. Arabella reçoit un porte-bonheur et tout le monde vit heureux jusqu'à la fin des temps?

Véro se mord la lèvre.

— Je ne sais pas.

— Tu ne sais pas? répète Chloé.

— Comment ça, tu ne sais pas? s'écrie Kim.

— Tu vas nous laisser en plan comme ça? lance Sophie, déçue.

— Je vous ai raconté tout ce que je sais, admet Véro. Je n'ai jamais entendu la fin de l'histoire.

Elle agite les sourcils avec un sourire malicieux, puis reprend d'un ton si bas qu'elle chuchote presque dans la pièce sombre :

— Mais je crois que Martha n'a jamais perdu espoir pour Zacharie. D'après moi, son incontrôlable jalousie

est toujours une force malveillante dans l'univers, et un jour, elle reviendra faire des ravages auprès de tous ceux qui connaissent sa triste histoire!

Une autre bûche s'enflamme brusquement, au moment précis où la porte de la chambre s'ouvre.

— *Ahhhhhhh!* s'écrient les filles.

Le cri surgit de la gorge de Chloé qui se couvre les yeux. Sophie hurle et enfouit sa tête au creux de l'épaule de Kim. Alicia s'enfonce dans son sac de couchage.

— Qu'est-ce qui se passe, ici? fait une voix hargneuse dans l'embrasure de la porte.

Chloé lève prudemment la tête. Pendant une seconde, elle a la folle impression qu'elle va voir Martha dans l'embrasure de la porte, tenant un rat mort par la queue.

Puis elle aperçoit une version plus âgée de Véro, avec de longs cheveux et une expression dégoûtée.

— Les filles, soupire Véro. Voici ma grande sœur, Jasmine.

— Vous feriez mieux de ne pas mettre des miettes de nachos sur le tapis de ma chambre! grogne Jasmine.

Kim se met aussitôt à ramasser les débris de croustilles avec ses mains. Chloé éclate de rire, soulagée de voir que l'intruse n'est qu'une grande-sœur-accapareuse-de-salle-de-bain-et-voleuse-de-capri, et non le fantôme de Martha. Sophie rit à son tour, bientôt imitée par les autres, qui se roulent toutes par terre d'hilarité.

Jasmine lève les yeux au ciel et referme la porte.

CHAPITRE SIX

Chloé est tirée d'un profond sommeil par un grognement.

Ou peut-être un gémissement.

Peu importe de quoi il s'agit, c'est un son pitoyable qui émane du placard de Véro. Le cœur battant, Chloé se dit que le bruit vient probablement de Kim. Elle a tellement mangé de gâteries que cela a dû lui donner mal au ventre. Puis elle s'est cachée dans le placard pour ne pas réveiller les autres avec ses grognements de douleur.

— Malheureusement, ça n'a pas fonctionné, grommelle Chloé.

En soupirant, elle rabat son sac de couchage, se lève et traverse la chambre sur la pointe des pieds pour voir si Kim va bien.

Le feu s'est éteint depuis longtemps. La pièce est glaciale et plongée dans l'obscurité totale. Chloé enjambe les formes endormies de ses amies et atteint la porte du placard.

Elle l'ouvre et entre à l'intérieur. Elle ne voit Kim nulle part.

Ce qu'elle *voit,* par contre, c'est une petite lumière brillante. Elle croit d'abord qu'il s'agit d'une veilleuse. Les gens n'ont généralement pas de veilleuse dans leurs placards, mais Véro est plutôt obsédée par la mode. Peut-être qu'elle garde une lumière dans le placard au cas où elle aurait une inspiration vestimentaire au milieu de la nuit, et devrait se précipiter pour assembler une tenue sans allumer la lumière et réveiller Jasmine.

Même assommée par le sommeil, Chloé sait que cette explication est ridicule. Son cœur se remet à battre la chamade. Elle se penche et ramasse l'objet lumineux sur le sol.

C'est le collier de Véro. Le cristal luit comme s'il était en feu. Chloé demeure là, tremblante, le cristal devient de plus en plus chaud dans sa main. Soudain, un son tonitruant retentit dans ses oreilles et ses tempes semblent percées par des lames chauffées au rouge.

Puis un éclair aveuglant illumine le placard. Chloé reste bouche bée d'horreur lorsqu'une image fantomatique se matérialise devant elle. C'est une femme magnifique qui hurle de douleur. Pas étonnant! Elle est attachée à un bûcher et un feu intense fait rage autour d'elle. Chloé peut sentir la chaleur des flammes pendant qu'elle contemple la pauvre femme.

Puis elle le voit!

La femme a un pendentif de cristal à son cou!

C'est le collier de Véro! Le même que Chloé tient dans sa main.

La jeune fille détourne son regard de la femme et observe le cristal dans sa paume. Il luit, comme s'il était éclairé de l'intérieur. Un horrible gémissement en émane et il vibre contre sa peau. Chloé comprend que le son qu'elle avait attribué à Kim provenait en fait du centre du cristal!

Pendant qu'elle fixe le collier, horrifiée, la lumière baisse d'intensité et est remplacée par un nuage noir tourbillonnant. Des profondeurs du nuage émerge une autre image : des lèvres tordues dans une grimace, des joues rouge vif et deux grands yeux bruns. Chloé pousse une exclamation étouffée lorsque les yeux se posent sur les siens. Pendant un moment, les iris bruns la fixent avec malveillance. Puis, dans une bouffée de couleur et de lumière répugnante, les yeux bruns deviennent verts!

— Martha! crie Chloé d'une voix étranglée. C'est Martha!

Lorsqu'elle prononce ce nom, le cristal devient si chaud dans sa main qu'il semble lui brûler la peau. Elle le lance par terre en lâchant un cri.

— Chloé! chuchote Sophie.

— Qu'est-ce qui se passe? s'écrie Véro.

— Ça va? demande Alicia.

— Qu'est-ce qu'il y a? crie Kim. Parle-nous!

Le bruit dans sa tête et les coups de poignard à ses tempes cessent aussi subitement qu'ils sont apparus. Chloé se retourne et voit ses quatre amies à la porte du placard, les yeux remplis de panique et d'inquiétude.

Sans mot dire, elle pointe du doigt l'endroit où elle a vu la femme brûler, quelques secondes plus tôt. Mais tout ce qu'elle voit, c'est la collection de jeans, de chandails et de robes de Véro, suspendus innocemment sur des cintres.

Le collier gît à ses pieds sur le tapis. Elle le ramasse et le brandit vers ses amies.

— Regardez! crie-t-elle d'une voix rauque.

Mais le cristal n'émet plus aucun son ni aucune lueur. Il repose simplement au creux de sa main.

— Ce n'est qu'un colifichet, dit Kim.

Chloé cligne des yeux et secoue la tête. L'image de la belle femme attachée au bûcher s'efface déjà de sa mémoire.

— Tu dois avoir fait un cauchemar, dit gentiment Sophie en la guidant vers son sac de couchage. Un horrible cauchemar.

— Oui, acquiesce Chloé, avant de s'étendre. Je suppose que oui.

— Ce doit être à cause de cette histoire ridicule que j'ai racontée, ajoute Véro. Je suis désolée.

— Ça va, réplique Chloé en posant la tête sur l'oreiller. Je veux juste me rendormir.

Elle remonte le col de son pyjama jusqu'à son menton, et attend que ses amies se recouchent. Lorsqu'elle est certaine qu'elles se sont rendormies, elle sort soigneusement son bras du sac de couchage.

Au creux de sa paume, à l'endroit où elle tenait le cristal, se trouve une marque rouge qui commence à former une cloque. Le genre de cloque causée par une grave brûlure.

Il lui faut des heures avant de fermer de nouveau les yeux.

*   *   *

Chloé est la dernière à se réveiller le samedi matin.

Kim et Alicia sont parties depuis lontemps. Kim avait un cours de ballet et Alicia devait aller chez ses grands-parents. La mère de Sophie va venir la chercher vers midi, pour assister à la partie de football de son frère.

Il est 11 h 55 quand Chloé, épuisée, fait son entrée dans la cuisine. Sophie et Véro sont déjà habillées et prennent leur déjeuner. La première chose que Chloé remarque, c'est que Véro a remis son collier. La simple vue du cristal la fait sursauter. Elle a envie de remonter en courant, de prendre ses affaires et de sortir de la maison à toute vitesse, sans jamais revenir. Mais ce serait ridicule. L'histoire avec le collier était simplement un cauchemar.

Mais techniquement, c'était beaucoup plus qu'un cauchemar.

— Regardez qui est debout! s'exclame Véro.

— Bonjour, dit Chloé en bâillant.

Sophie pousse une assiette de gaufres vers Chloé.

— Merci! Elles ont l'air délicieuses! dit-elle avec un sourire forcé.

Après trois bouchées, Chloé remarque que le précieux blouson en jean de Sophie est étalé sur la table, alors que son sac à dos et son sac de couchage sont empilés dans un coin de la cuisine. Le blouson rappelle à Chloé un patient sur le point de subir une chirurgie sur une table d'opération.

— Qu'est-ce que vous faites? demande-t-elle.

Elle désigne le blouson délavé tout en ajoutant du sirop sur ses gaufres.

— Sophie me laisse « glamouriser » son blouson! dit Véro avec animation.

— Glamouriser? Que veux-tu dire?

— Tu sais, répond Véro en promenant son index le long du col. L'embellir, le rendre plus chic! Je pensais border les poignets et le col de paillettes, peut-être

coudre des appliques ou ajouter des broderies de fil métallique.

— Tu ne m'avais pas dit que tu savais coudre, dit Chloé.

— Oh, oui! Ça fait partie de ma passion pour la mode. C'est pour ça que je suis si excitée à l'idée de m'exercer avec le superbe blouson de Sophie.

Du coin de l'œil, Chloé remarque que Sophie sourit poliment, mais semble réticente. Elle se demande quel genre de pression lui a fait subir Véro pour qu'elle accepte ce projet. Car après tout, son blouson est *sacré!* Y ajouter des paillettes et le « glamouriser » avec toutes sortes de trucs clinquants est un manque de respect flagrant.

Chloé se tourne vers Sophie. Celle-ci hausse les épaules.

— Ce serait super d'avoir quelque chose de plus tape-à-l'œil, pour faire changement, déclare Sophie, en désignant son chandail de laine et son pantalon kaki de style simple et classique.

Chloé aimerait que Sophie soit plus convaincue du bien-fondé du projet. Mais avant qu'elle puisse le lui dire, la mère de son amie klaxonne devant la maison.

— C'est ma mère! s'exclame Sophie en se levant d'un bond. Merci pour la soirée, Véro!

— Pas de problème. Merci d'être venue.

— Je t'enverrai un texto plus tard, dit Chloé.

— D'accord.

 75

Sophie jette un dernier regard nostalgique à son blouson dénué d'ornement.

— Ne t'en fais pas, dit Véro avec un sourire rassurant, en lui tapotant l'épaule. J'en prendrai bien soin, je te le promets.

Là-dessus, Sophie rassemble ses affaires et sort de la maison.

Aussitôt que la porte se referme sur elle, Chloé toussote.

— Heu, Véro, je peux te poser une question?

— Bien sûr.

— Ton collier a-t-il déjà... fait quelque chose de... bizarre?

Dès que ces mots sortent de sa bouche, elle les regrette. C'est une question ridicule.

— *Fait* quelque chose? répète Véro. Comment le pourrait-il? C'est un collier!

— Je sais, répond Chloé en rougissant, avec l'impression d'être une parfaite idiote. Oublie ça. Fais comme si je n'avais rien dit.

— Mais non, dit patiemment Véro. Il est évident que quelque chose te tracasse.

— Eh bien, ce que je voulais dire... commence Chloé en soupirant. La nuit dernière, quand je rêvais ou que j'étais somnambule... ton collier était dans le placard. Je l'ai ramassé et on aurait dit qu'il était en feu!

Véro a le mérite de ne pas rire en entendant cette déclaration saugrenue. Encouragée, Chloé poursuit :

— Je sais que ça paraît cinglé, mais dans mon rêve, le cristal luisait et il y avait... comme des flammes à l'intérieur! Alors, je me demandais si ce genre de chose t'était déjà arrivé quand tu le portais.

— Non, jamais, répond Véro en secouant la tête.

Embarrassée, Chloé baisse les yeux sur son assiette de gaufres.

— C'est bien ce que je pensais.

Pourtant, la chaleur qui émanait du cristal dans son rêve semblait bien réelle.

Si réelle, en fait, qu'elle a pu laisser...

... *une cicatrice*!

— Mais regarde! s'exclame-t-elle en montrant sa main à Véro. J'ai une marque!

Véro examine sa paume.

— Oh! C'est une belle brûlure!

— Je sais. Et je pense que... c'est ton cristal qui l'a causée. Comment aurais-je pu me brûler autrement, hier?

— Bonne question, dit Véro en fronçant les sourcils.

— N'est-ce pas? Très bonne question. Je ne me suis pas approchée de la cheminée, et comme ce n'était pas un anniversaire, il n'y avait pas de bougies et...

— Et la pizza? Tu te souviens comme elle était brûlante quand nous avons commencé à manger? Il y avait de la vapeur quand on a ouvert la boîte! Le

fromage était tout fondu et dégoulinant. Et très, très *chaud*.

Elle jette un regard entendu à Chloé.

Cette dernière repense à leur souper de la veille. La pizza était si chaude que Kim avait dû attendre impatiemment avant de prendre une bouchée. Et même alors, elle s'était brûlé le palais sur le fromage.

— Peut-être qu'un peu de fromage fondu est tombé sur ta main et t'a brûlée, suggère Véro. Les brûlures sont parfois comme ça. Elles brûlent une seconde, puis la douleur ne réapparaît que plus tard.

C'est vrai. Un jour, Chloé s'est brûlée en sortant une plaque à biscuits du four. Elle n'avait senti aucune douleur sur le moment, mais avait eu mal des heures plus tard, lors de la formation d'une cloque.

— Tu dois avoir raison, dit-elle en soupirant. C'est ce qui a dû arriver.

Elle se sent ridicule, mais soulagée.

Véro sourit.

— Hé, j'ai une bonne idée!

— Du moment que ça n'a rien à voir avec la pizza, je suis partante! Quelle est ton idée?

— Allons magasiner!

Chloé n'a pas besoin de se le faire dire deux fois. Elle avale le reste de ses gaufres, se lève d'un bond et monte se changer.

CHAPITRE SEPT

Vingt minutes plus tard, Chloé redescend, prête à aller courir les boutiques.

Elle s'arrête brusquement au pied de l'escalier.

— Tu es prête? demande Véro. Jasmine va nous conduire en ville.

Chloé ne répond pas. Elle reste là à fixer Véro, stupéfaite.

Cette dernière fronce les sourcils et met les mains sur ses hanches.

— Qu'y a-t-il encore?

— Tu… tu portes le blouson de Sophie!

— Et alors?

Et alors?

— Alors, c'est le blouson de *Sophie*. Elle l'a laissé ici pour que tu le décores, pas pour que tu le portes.

— Chloé, dit Véro en soupirant. J'aurais cru que toi, plus que quiconque, comprendrait le processus créatif. Enfin, tu es une *actrice*.

Chloé ne voit pas ce que le fait d'être une actrice a à voir avec le blouson de Sophie.

— Quel est le rapport?

— Le rapport, c'est qu'avant de commencer à jouer les stylistes de mode avec ce vieux blouson, je dois le porter pour expérimenter la sensation sur la peau, le confort, le mouvement du tissu, tout ça.

Elle tire sur une des manches de denim usé.

Chloé est sceptique. Sophie porte ce blouson depuis des années, et n'a jamais dit un mot à propos de la « sensation » ou du « mouvement ».

— Je ne sais pas, Véro. Sophie est très possessive quand il s'agit de son blouson. Je ne pense pas qu'elle *me* laisserait l'emprunter.

Mais Véro ne l'écoute plus. Elle s'est tournée pour s'observer dans le miroir de l'entrée. Elle remonte le col en souriant, roule les manches. Puis sa main remonte à sa gorge pour ajuster le pendentif de cristal.

— Pourquoi Sophie a-t-elle un beau blouson alors que je n'en ai pas? demande-t-elle d'une voix boudeuse. J'en veux un. Je le mérite. Il me va aussi bien qu'à elle. Et même mieux!

Chloé voit ses yeux luire dans le miroir pendant qu'elle se contemple. *Elle peut bien parler de sensation et de mouvement,* pense-t-elle. Véro porte le blouson pour une seule raison : parce qu'elle voudrait qu'il lui appartienne!

Avec une pointe d'appréhension, elle suit son amie jusqu'à la voiture.

Chloé ne parle pas beaucoup durant leur virée dans les boutiques. En explorant les magasins de la rue Principale, elle observe silencieusement Véro, qui palpe des perles et des pierres de pacotille à coller, des garnitures en plumes de marabout duveteuses, des appliques pailletées. Elle examine des pièces à repasser, de la peinture pour tissu et des rubans métalliques multicolores. En théorie, elle cherche des ornements pour le blouson de Sophie. Mais en réalité, elle n'achète rien du tout.

Après être passées devant quatre magasins de chaussures, la bijouterie Boucles et pendants, et une boutique spécialisée dans l'importation de chandails, elles arrivent à la boutique Convoitise, où Chloé a acheté son cardigan jaune.

Les yeux de Véro s'illuminent devant les vêtements présentés dans la vitrine.

— Entrons ici! s'écrie-t-elle en tirant Chloé par le bras.

— Bon, d'accord.

Une fois à l'intérieur, Véro s'exclame devant les foulards, les collants, les ceintures et les chapeaux. Elle essaie plusieurs bracelets argentés et fait même

mine de s'intéresser à un anneau pour le nez orné d'un faux diamant.

La vendeuse, avec ses longs cheveux noirs, ses yeux parfaitement maquillés et ses vêtements dernier cri, semble tout droit sortie d'un magazine de mode.

— Je peux vous aider? demande-t-elle aux deux filles.

— Vous reste-t-il un de ces cardigans jaunes? demande Chloé à tout hasard.

La vendeuse lui adresse un sourire désolé.

— Non, malheureusement. Ils se sont vendus comme des petits pains chauds lorsqu'ils étaient en solde, le mois dernier. Hé, c'est un super blouson! ajoute-t-elle en tournant ses yeux soulignés de noir vers Véro.

— Merci, dit Véro avec un petit ton suffisant. Je l'ai depuis des années. C'est mon préféré.

Chloé reste bouche bée.

— Il te va comme s'il avait été fait sur mesure, remarque la vendeuse.

— Eh bien, c'est un peu ça, ment Véro. Je l'ai fait faire à Paris. En France, ajoute-t-elle d'une voix prétentieuse comme si la vendeuse était une ignorante.

Chloé n'en croit pas ses oreilles. C'est le blouson de Sophie, celui qu'elle ne lave qu'à l'eau froide avec du détergent très doux. Celui qu'elle enlève toujours avant de manger du ketchup. Celui qu'elle ne porte jamais dans l'autobus scolaire parce que les sièges sont sales et qu'elle ne veut pas le tacher. Ce blouson *ne* vient *pas* de Paris (France!) et n'a *surtout* pas été fait sur mesure pour Véro!

— Je songeais à couper les manches, confie cette dernière à l'employée. Ou même à le teindre au batik.

— Super! dit la fille, avant d'aller aider une cliente qui cherche une paire de bottes de combat vert lime.

Les mensonges de Véro continuent de résonner dans l'esprit de Chloé.

— Véro, dit-elle d'un ton ferme, je pense que tu devrais me redonner le blouson. Maintenant.

Véro se tourne vers elle si vite et avec une expression si furieuse que Chloé tressaille.

— Pourquoi?

— Heu… parce que je pense que Sophie a oublié… que…

Pense vite, Chloé!

— … que demain, les Guérin prennent leur photo de famille.

— Et alors? demande Véro en serrant les dents. Qu'est-ce que cela a à voir avec *mon*… je veux dire… *ce* blouson?

— C'est ce que Sophie doit porter dans la photo! ment Chloé. Toute la famille porte un blouson en jean! Ses parents, son frère…

— Vraiment? rétorque Véro en croisant les bras avec un air de défi. C'est une famille de motards ou quoi?

Chloé se force à rire.

— Non! Bien sûr que non. C'est juste, tu sais, un de ces portraits de type décontracté. Et quoi de plus décontracté qu'un blouson en jean? Je pense même qu'ils seront pieds nus! Ces Guérin! Quelle drôle de famille!

Après ce qui lui semble un millier d'années, Véro soupire et enlève le blouson, au moment où la vendeuse revient. Chloé s'empresse de le prendre avant que Véro ne change d'avis.

— Tout va bien, ici? demande l'employée.

Puis elle désigne le pendentif de Véro :

— Beau collier! J'ai un excellent nettoyant à bijoux à l'arrière. Si tu veux, je peux le polir pour toi.

— Merci, dit Véro.

Elle détache le collier et le remet à la vendeuse.

— Bon, je vais y aller, dit Chloé en tenant fermement le blouson. Je dois rentrer chez moi.

— Tu pars? s'étonne Véro. Je croyais qu'on irait chez Boucles et pendants. Pour acheter des boucles d'oreilles.

Chloé secoue la tête d'un air incrédule. Deux secondes plus tôt, Véro lui jetait des regards furieux et lui parlait en serrant les dents. À présent, elle est triste à l'idée de la voir partir. C'est incompréhensible.

— Pourquoi tiens-tu le blouson de Sophie? demande Véro.

Heu... pour t'empêcher d'amputer ses manches, voilà pourquoi.

— Parce que, répond Chloé en se forçant à sourire. Écoute, on ira acheter des boucles d'oreilles une autre fois, d'accord?

— Quand?

— Quand? Eh bien, quand j'aurai besoin d'une nouvelle paire, je suppose.

Véro hoche la tête.

— Très bien. Bon, on se verra à l'école. Et n'oublie pas : la distribution de la pièce de théâtre sera affichée lundi matin.

— Je n'oublierai pas. Salut, et merci pour la soirée pyjama!

Une fois sortie de la boutique, Chloé jette un coup d'œil par la vitrine et voit la vendeuse revenir avec le collier. Pendant une seconde, elle se sent coupable d'avoir menti et d'avoir abandonné Véro.

Puis elle se rappelle la lueur dans ses yeux verts quand elle mentait au sujet du blouson de Sophie.

Soudain, elle a hâte de partir d'ici.

Le lundi matin, Chloé ne pense plus aux étranges incidents de la fin de semaine. Elle n'est préoccupée que par une chose en se hâtant vers l'école : la distribution de la pièce. M. Watson a dit qu'il l'afficherait à l'extérieur du local de théâtre ce matin.

Sophie descend de l'autobus scolaire au moment où elle arrive.

— Salut! lance son amie.

— Salut! dit Chloé en lui tendant le blouson.

Devant son regard étonné, elle explique :

— Ton blouson est parfait comme ça. J'ai convaincu Véro d'oublier cette histoire de « glamourisation ». J'espère que ça ne te dérange pas.

— Ça ne me dérange pas du tout! dit Sophie en serrant le blouson sur sa poitrine. Je n'aurais jamais dû accepter sa proposition. Ça m'a tracassée toute la fin de semaine.

— En parlant de tracasser, la distribution de la pièce va être affichée ce matin. Veux-tu venir avec moi au local de théâtre pour voir si j'ai obtenu un rôle?

— Bien sûr, voyons!

Le sourire de sa meilleure amie parvient à calmer les battements de son cœur.

— On se retrouve à l'escalier sud après la classe-foyer, d'accord?

— J'y serai!

La période semble s'éterniser. Quand la cloche sonne enfin, Chloé franchit la porte à la vitesse d'une fusée. Elle rejoint Sophie et elles montent les marches quatre à quatre.

Un attroupement s'est formé devant la porte du local de théâtre, où est affichée la liste.

— Je suis trop nerveuse, dit Chloé en avalant sa salive. Veux-tu regarder pour moi?

— D'accord, dit Sophie. Attends ici.

Elle se fraie un chemin parmi les aspirants acteurs. Chloé sent une présence à ses côtés et se retourne. C'est Véro. Elle semble aussi nerveuse qu'elle-même.

— Alors? demande cette dernière.

— Sophie est allée voir. Elle va me dire si…

Elle est interrompue par un cri d'allégresse. C'est une exclamation qu'elle reconnaîtrait n'importe où.

— Tu as le premier rôle! s'écrie Sophie en sautillant et en brandissant un poing victorieux dans les airs. Chloé, tu as le premier rôle! Tu es Abigaïl Williams!

— Moi? J'ai le premier rôle?

Envahie par un sentiment d'euphorie, Chloé sent ses genoux céder sous elle.

Elle se tourne vers Véro qui sourit.

Enfin, plus ou moins. Les coins de sa bouche sont relevés et on voit ses dents. Alors, techniquement, c'est un sourire. Le problème, c'est qu'il n'y a pas une trace de joie dans son expression.

— Tant mieux pour toi, dit-elle, les lèvres pincées.

Sophie s'est extirpée de la foule et saute au cou de Chloé.

— Félicitations! Tu as réussi!

Puis elle se tourne en souriant vers Véro.

— Tu as un rôle, toi aussi. Tu vas jouer Mary Waren.

Le sourire figé de Véro fait place à un froncement de sourcils.

— Mary Waren? C'est un rôle médiocre.

— Mais non, dit Chloé. C'est un bon rôle.

— Pas aussi bon que celui d'Abigaïl Williams, rétorque Véro, les yeux plissés.

Presque aussitôt, son sourire forcé réapparaît, et elle dit avec une bonne humeur factice :

— Mais ce n'est pas grave! Je suis sûre que j'aimerai le rôle de Mary.

— J'en suis certaine, dit Sophie d'un ton encourageant.

Chloé voudrait trouver les mots pour réconforter Véro, qui semble si déçue de ne pas avoir eu le premier rôle. Mais elle est si surprise et ravie de sa propre bonne fortune qu'elle ne souhaite pas s'attarder sur la déconvenue de son amie.

Heureusement, cette dernière annonce :

— Je vais aux toilettes. On se verra plus tard.

Elle tourne les talons et s'éloigne dans le couloir.

— À plus tard! lance Chloé. Et félicitations! ajoute-t-elle après coup.

Véro continue de marcher d'un pas lourd.

— Quel rôle Jenny a-t-elle obtenu? chuchote Chloé à Sophie.

— Rebecca Nurse. Je pense que c'est un rôle important. Pas autant que le tien, mais pas mal.

— Oh. Je suppose qu'elle est contente.

— Non, elle ne l'est pas.

Chloé et Sophie se retournent et aperçoivent Amélie, une amie de Jenny.

— Mais le rôle de Rebecca est important, dit Chloé d'un ton raisonnable.

— Ça n'a rien à voir, dit Amélie avec un regard inquiet. Jenny ne jouera pas dans la pièce. En fait, elle ne viendra pas à l'école pour un certain temps. C'est pour ça que je suis ici. Jenny m'a envoyée voir si elle avait un rôle, pour que je dise à M. Watson de le donner à quelqu'un d'autre.

— Je ne comprends pas, dit Chloé, le ventre serré. Pourquoi ne jouera-t-elle pas dans la pièce?

— Quelque chose de terrible est arrivé vendredi, répond Amélie. Après son cours d'éducation physique, Jenny est allée prendre une douche, comme d'habitude. Elle avait la petite bouteille de shampoing qu'elle utilise toujours.

Chloé ne voit toujours pas le problème.

— Quelqu'un avait mis quelque chose dans son shampoing! s'exclame Amélie d'une voix tremblante.

— Quoi donc? demande Sophie.

— Une espèce de produit chimique toxique, dit Amélie en essuyant ses larmes. Cela a complètement détruit ses cheveux! Ils sont tout brûlés et cassés, et sont devenus d'un vert hideux!

Chloé porte la main à sa bouche.

— Oh, non! Qu'est-ce qu'elle va faire?

Elle ne peut chasser l'horrible image des beaux cheveux de Jenny se détachant en lambeaux à cause d'un mystérieux produit chimique.

— Elle a été obligée de les couper, dit Amélie.

Chloé a la nausée. Sa belle chevelure blonde... disparue. Ses cheveux vont repousser, bien sûr. Mais cette histoire est vraiment épouvantable.

— Qui a pu faire une chose aussi cruelle? pense Sophie tout haut.

— Il n'y a qu'un seul suspect, déclare Amélie avec une expression glaciale.

— Qui?

— Derek Devlin!

C'est logique. Derek et son frère jumeau, Dexter, sont les pires fauteurs de trouble de l'école. Ils sont censés être en neuvième année, mais ont redoublé deux fois. Voilà pourquoi ils sont dans la classe d'algèbre de Chloé et de Sophie. Mais ajouter de l'acide au shampoing d'une fille semble un geste extrême, même pour les Devlin.

— Est-il fâché contre Jenny? demande Chloé.

— Oui, répond Amélie. Il l'a invitée à la danse d'Halloween, le mois dernier. Bien entendu, elle a refusé. Elle a été très polie. Elle n'a pas été méchante avec lui.

Chloé ne peut s'empêcher de lui jeter un regard sceptique.

Amélie soupire.

— Bon, d'accord, elle *a été* méchante. Jenny peut être désagréable quand elle veut. Elle lui a ri au visage en disant qu'elle pouvait aller à la danse avec n'importe quel gars de l'école, alors pourquoi irait-elle avec un délinquant juvénile comme lui?

Cela ressemble plus au style de Jenny. Mais dans son for intérieur, Chloé se dit que même une fille aussi méchante que Jenny ne mérite pas une vengeance aussi cruelle.

— Je vais aller parler à M. Watson, dit tristement Amélie.

— Dis à Jenny que je suis désolée pour elle, lance Chloé avec sincérité.

Amélie s'en va et Chloé se tourne vers Sophie.

— Je me sens mal. Je vais aller aux toilettes pour m'asperger le visage d'eau froide.

— J'y vais avec toi.

Lorsqu'elles tournent au bout du couloir, elles voient la porte des toilettes des filles s'ouvrir et Véro en sortir brusquement. Elle semble encore plus fâchée que tantôt. Chloé s'apprête à lui crier de les attendre, puis se ravise et la laisse s'éloigner dans le couloir.

Un moment plus tard, elles entrent dans les toilettes…

… et elles sont sidérées par le spectacle qui les accueille!

CHAPITRE HUIT

Un vrai saccage!

Les toilettes des filles du deuxième étage ont été *complètement* vandalisées!

Des serviettes de papier sales et chiffonnées, ainsi que d'autres ordures dégoûtantes que Chloé n'ose identifier sont répandues sur le carrelage. Il est évident que quelqu'un a vidé le contenu de la poubelle au centre de la pièce. La poubelle elle-même est si tordue et déformée qu'on dirait qu'un camion a roulé dessus.

— Oh là là! fait Sophie en voyant les dégâts.

En plus des détritus éparpillés, il y a une longue fissure dentelée sur le miroir, au-dessus du lavabo. La personne qui a renversé la poubelle a dû lancer le lourd contenant de métal sur le miroir. Un réseau de fines fêlures et craquelures rayonne à partir de la fissure principale, comme un million de cicatrices argentées. Deux portes de cabinets sont défoncées, comme si on les avait martelées à coups de poing ou de pied. La troisième porte a été arrachée de son gond supérieur et pend de travers en oscillant légèrement comme un membre blessé.

Et il y a les graffitis. Chaque mur en blocs de béton est couvert de marques violentes et de gribouillis tracés au marqueur vert. Un seul mot est lisible, en grosses lettres majuscules, sur le miroir fracassé :

CONVOITISE

—Penses-tu que la personne qui a écrit ça faisait référence à la boutique? demande Sophie d'un air dubitatif.

Chloé secoue la tête.

—Si c'est le cas, c'est ce qu'on appelle de la mauvaise publicité. Je crois qu'il s'agit de véritable convoitise. Tu sais, de jalousie. Le sentiment.

—Le seul sentiment que j'éprouve en ce moment est la peur, dit Sophie. Est-ce qu'on peut sortir d'ici?

—Oui, partons.

En suivant Sophie vers la porte, Chloé se retourne pour jeter un dernier coup d'œil à la pièce saccagée. Elle a la bizarre impression de pouvoir encore sentir les ondes de rage du vandale qui a tout saccagé. En fait, c'est comme s'il y avait un écho, pas seulement d'une émotion, mais d'un son. Une voix fantomatique

qui chuchote d'un ton frémissant dans l'atmosphère :
« *Arrraaaabellllaaa….* »

Chloé sent ses cheveux se hérisser sur sa nuque, puis referme la porte et s'empresse de s'éloigner.

Le message atterrit sur le bureau de Chloé, comme s'il tombait du ciel. Au fil des ans, Sophie et elle ont perfectionné leur technique de transfert de message en classe au point où même leur enseignante d'algèbre au regard d'aigle, Mme Fortin, ne peut les prendre sur le fait.

Chloé déplie le mot et relit l'échange en entier. Sophie a d'abord écrit :

Je parie que c'est Véro qui a saccagé les toilettes. Tu as vu comme elle était fâché d'avoir le rôle de Mary Waren?

Ce à quoi a répondu Chloé :

Elle était fâchée, mais je ne peux pas croire qu'elle ferait une chose pareille.

La réponse de Sophie est immédiate :

Ce doit être elle! Elle était la dernière à utiliser les toilettes!

Sophie n'a pas tort. Tous les indices pointent dans cette direction. Le plus discrètement possible, Chloé se tourne pour regarder Véro, qui est assise trois rangées derrière elle. La pauvre est encadrée par les frères Devlin. Derek est à sa gauche, Dexter à sa droite. En ce moment, Derek utilise un stylo pour graver ses initiales dans le bois du pupitre, pendant que Dexter déchire des pages de son manuel pour en faire des avions en papier. Véro est immobile, la mine boudeuse.

En soupirant, Chloé écrit une réponse sur le papier chiffonné :

Vas-tu la dénoncer?
OUI _____   NON _____

Elle plie le papier en un minuscule triangle et le lance. Il décrit un arc gracieux et atterrit sans bruit sur le cartable de Sophie, qui le fait glisser sur ses genoux au moment où Mme Fortin se tourne vers les élèves.

— Nous aurons un examen à la fin du mois, annonce-t-elle, provoquant un concert de protestations. Il couvrira tout ce que nous avons vu au cours du semestre, et vaudra 80 % de la note finale. Je vous suggère donc de commencer à étudier dès maintenant!

Chloé sort son marqueur rose et ouvre son cartable à la page des devoirs. Elle inscrit la date de l'examen en la soulignant quatre fois. La cloche sonne. Ses camarades mettent leurs livres dans leurs sacs à dos et sortent de la classe.

Véro passe à côté d'elle sans lui adresser la parole.

Chloé est en train de ranger son marqueur dans son étui à crayons quand la réponse de Sophie atterrit sur son pupitre.

Vas-tu la dénoncer?
OUI _____ NON _____

_X_ Peut-être

Désolée, Chloé, mais je ne lui fais pas confiance.

Chloé pousse un gros soupir et chiffonne le message avant de le glisser dans sa poche. Tout bien réfléchi, elle ne peut pas en vouloir à Sophie.

À midi, tout le monde parle de la pauvre Jenny Thomas à la cafétéria. Certains élèves disent que les produits chimiques ont été ajoutés à sa bouteille de shampoing, alors que d'autres soutiennent qu'ils ont été mis dans son revitalisant. La rumeur la plus folle est que Jenny a trébuché dans la douche et que ses cheveux ont été aspirés par le drain. Il est difficile de savoir qui croire puisque le personnel de l'école tient à garder les détails de l'incident secrets. Selon les dernières nouvelles, les Devlin ont été interrogés par le directeur, le directeur adjoint et trois conseillères en orientation. Mais chaque fois, les jumeaux ont catégoriquement nié avoir joué un rôle dans cette affaire. En fait, Derek a informé la direction qu'il avait un rendez-vous chez l'orthodontiste le vendredi matin, et n'est arrivé à l'école que bien après la première période. Il a même proposé d'apporter un mot de l'orthodontiste pour appuyer ses dires. Comme il a été impossible de prouver la présence d'un des Devlin sur la scène du crime, aucun d'eux n'a été puni.

Chloé est la première à arriver à la table. Elle fait glisser son plateau jusqu'au bout et regarde par la fenêtre en réfléchissant à toutes les choses étranges qui se sont produites. La plus sinistre étant, bien sûr, son rêve dans le placard de Véro. Mais que penser de l'attaque dans l'escalier ouest, des produits capillaires de Jenny et des toilettes vandalisées?

— La voici! lance la voix excitée de Kim, interrompant ses pensées. La vedette de l'école!

— Félicitations! s'écrie Alicia en déposant sa boîte-repas à côté de son plateau. Le premier rôle! Je suis tellement fière de toi!

— Nous sommes toutes fières de toi, renchérit Sophie, qui s'assoit en face de Chloé.

Malgré son humeur mélancolique, Chloé sourit.

— Merci, les filles.

À sa grande surprise, Véro arrive deux secondes plus tard en souriant.

— Hé, j'ai une grande nouvelle! annonce-t-elle.

— Dis-nous ce que c'est! demande Alicia en développant son sandwich jambon-fromage. À moins que ce ne soit un autre potin à propos de Jenny et Derek!

— Ça concerne un peu Jenny, mais surtout moi.

Alicia hausse les épaules.

— Bon, qu'est-ce que c'est?

— Oui, renchérit Kim. Raconte!

— Eh bien, vous savez que quelqu'un a mis des produits chimiques dans le shampoing aux herbes et aux agrumes de Jenny? Et qu'elle va être absente de l'école pour une longue période?

— Oui, dit Kim. Quel est le rapport avec toi?

— Je vais avoir le rôle qu'elle devait jouer dans la pièce. Je serai Rebecca Nurse! C'est le deuxième rôle féminin!

Elle prend une pose et sourit.

Quatre paires d'yeux la fixent.

— Ce n'est pas que je ne suis pas désolée pour Jenny, s'empresse-t-elle de préciser. Je le suis. Vraiment. Mais le spectacle doit continuer, non? Et quelqu'un doit tenir son rôle.

— Elle a raison, dit Alicia avant de prendre une bouchée de sandwich.

— On est contentes pour toi, ajoute Kim.

— Oui, félicitations, dit Sophie.

Chloé parvient à sourire, mais ne dit rien. Quelque chose la tracasse, sans qu'elle puisse mettre le doigt dessus. Il y a quelque chose qui cloche dans ce que vient de dire Véro.

Elle ne peut pas y réfléchir très longtemps, car David Guérin s'approche de leur table. Elle ne peut jamais réfléchir en présence du frère de Sophie. Ses pieds se mettent à bouger nerveusement sous la table et ses paumes deviennent si moites qu'elle craint d'échapper son berlingot de lait.

— Que veux-tu, David? demande Sophie. Si tu es ici pour échanger ton repas avec le mien, la réponse est non! Maman a mis le dernier pouding dans mon sac parce que je l'ai réservé...

— Détends-toi, Sophie, je ne veux pas ton pouding, la rassure-t-il. Je voulais juste féliciter Chloé. Bravo pour le premier rôle! dit-il en adressant un sourire en coin à Chloé.

— Merci, répond-elle.

Ses pieds tressautent tellement qu'elle a l'impression d'être une Rockette, une danseuse de Radio City.

— Je suis certain que tu seras super en Abigaïl, ajoute-t-il. D'après mon copain Xavier, qui fait partie de l'équipe d'éclairage, tout le monde n'arrête pas de répéter à quel point tu seras bonne.

Chloé sent ses joues s'empourprer et a des papillons dans l'estomac. Mais avant qu'elle puisse remercier David, Véro prend la parole.

— Je vais jouer Rebecca Nurse.

— Oh, fait-il avec un sourire poli. C'est bien.

La jeune fille bat des cils en rejetant ses boucles rousses d'un mouvement de la tête.

— Je m'appelle Véro. J'ai entendu dire que tu étais le joueur étoile de ton équipe de football, la fin de semaine dernière.

Elle agite encore ses cheveux, dans l'intention évidente d'attirer l'attention de ce supposé adepte des rousses.

— C'était un travail d'équipe, réplique-t-il avec un sourire modeste. À plus tard, les filles!

Après son départ, Sophie jette un coup d'œil curieux à Chloé.

— Ça va?

Chloé s'empresse de répondre, le souffle court :

— Oui, ça va. Évidemment que ça va. Je vais parfaitement bien. Pourquoi? Je n'en ai pas l'air? Je vais bien, super bien.

— Booooon... d'accord.

Avec un petit sourire, Sophie se lève pour aller chercher une autre serviette.

C'est alors que Chloé comprend. Sophie sait qu'elle a un faible pour son frère David. Et apparemment, ça ne la dérange pas du tout.

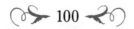

Chloé n'a jamais été aussi heureuse de sa vie. Jusqu'à ce que…

— David est vraiment charmant, déclare Véro d'un ton pensif, en enroulant une mèche rousse autour de son doigt.

Chloé n'aime pas ce qu'elle entend.

— Évidemment, dit Alicia en levant les yeux au ciel. Tout le monde sait que David est un super beau gars!

Bruno et Dimitri arrivent sur ces entrefaites, excités de leur apprendre les nouvelles rumeurs qui circulent parmi les élèves de neuvième année selon lesquelles Derek Devlin aurait lancé un défi de bras de fer au directeur adjoint. De plus, il paraît que Jenny a secrètement accepté de sortir avec Dexter Devlin, et ce serait pour ça que son frère Derek a saboté son shampoing.

Quand ils mentionnent le shampoing de Jenny, Chloé se remet à réfléchir. Un doute l'assaille. Elle est certaine d'être sur le point de comprendre quelque chose d'important quand Véro se penche et chuchote à son oreille.

— Je crois que je vais essayer de séduire David Guérin.

Chloé ouvre la bouche pour répondre, puis la referme aussitôt. Après tout, que pourrait-elle dire? *Je t'interdis de t'approcher du garçon que j'aime, petite traîtresse rousse!*

Bon, cette phrase sonne bien, mais peut-être que Véro n'est pas vraiment une traîtresse. Avec toute l'excitation des auditions, la soirée pyjama et l'incident de Jenny, Véro a pu oublier le béguin secret de Chloé.

Ce n'est pas le genre de chose qu'une amie oublie, mais c'est possible. Et ça vaut certainement mieux que la seule autre explication, c'est-à-dire que Véro est consciente qu'elle aime David, mais qu'elle s'en fiche. Si c'est le cas, la vérité est que Chloé n'a aucun droit sur David. Ce n'est pas un pouding qu'elle peut réserver.

Soudain, elle a la tête qui tourne et les frémissements dans son ventre sont remplacés par une douleur sourde. Elle se lève, prend son sac et dit sèchement à Véro :

— Je vais à la bibliothèque étudier pour l'examen d'algèbre. Je te verrai à la répétition.

CHAPITRE NEUF

Au cours des trois semaines suivantes, Chloé fait de son mieux pour éviter Véro.

À l'exception des répétitions, ainsi que des cours d'algèbre et d'éducation physique qu'elles ont en commun, elle essaie de ne pas la croiser. Le midi, elle prétexte qu'elle doit aller à la bibliothèque ou rencontrer un enseignant. Lors des répétitions, elle s'arrange pour garder ses distances en parlant à d'autres acteurs, aux stylistes ou à l'équipe technique. Les soirs et la fin de semaine, si Véro l'invite à faire quelque chose, elle fait semblant d'avoir des obligations familiales ou des devoirs. Malheureusement, cela a pour résultat de lui faire manquer des activités où Kim, Alicia et Sophie sont aussi invitées. Toutefois, Chloé ne peut chasser la conviction qu'elle doit se tenir loin de Véro. Elle a peut-être détruit sa vie sociale, mais d'un autre côté, ces heures supplémentaires à la bibliothèque et avec des enseignants ont un effet positif sur sa moyenne générale.

Sophie semble se rendre compte qu'elle évite Véro. Même si Chloé est certaine que sa meilleure amie s'ennuie d'elle, cette dernière a la délicatesse de ne pas se plaindre. Elles s'envoient des textos aussi souvent qu'avant, et passent du temps ensemble après l'école chaque fois qu'elles le peuvent. Mais elles prennent soin de cacher ces rencontres à Véro. Puisque ce dimanche est la veille de l'examen d'algèbre, Chloé va chez Sophie pour leur dernière soirée d'étude.

— Comment vont les répétitions? demande Sophie.

Elles sont étendues par terre dans sa chambre, leurs livres et leurs notes d'algèbre étalés devant elles.

— Super, répond Chloé. J'adore jouer, et M. Watson dit que je m'en tire très bien. Mais il se passe parfois des trucs bizarres.

— Que veux-tu dire?

— La semaine dernière, quand un des techniciens installait mon micro sur moi, il y a eu une énorme étincelle et j'ai reçu un gros choc électrique.

Sophie pousse une exclamation.

— C'est horrible! Tu aurais pu être sérieusement blessée!

— Je sais. Mais finalement, ce n'était pas si grave. Jérémie, le gars de neuvième année qui gère le son, a vérifié le micro et a dit qu'il datait des années 90. Ce devait être un simple court-circuit. Pourtant, les micros de Billy et de Madeleine sont aussi vieux, et ils n'ont pas eu de problème.

— Penses-tu que quelqu'un a saboté ton micro? demande Sophie avec inquiétude. Comme pour le shampoing à la mangue et aux agrumes de Jenny?

— Il était aux herbes et aux agrumes, corrige Chloé d'un air absent. Selon Véro, en tout cas.

Elle soupire, en repensant au micro défectueux.

— Je suppose que quelqu'un aurait pu modifier les fils, dit-elle. Mais je ne peux imaginer qui, ni pourquoi. Tout le monde est enthousiasmé par la pièce et souhaite que ce soit un succès. Ce ne serait pas logique qu'un membre de l'équipe ou de la distribution veuille me nuire.

Elle prend une grande inspiration pour trouver le courage de dire le fond de sa pensée :

— Au début, j'ai cru que Véro avait peut-être quelque chose à voir avec ça...

— Sérieusement? s'écrie Sophie en haussant les sourcils.

— Oui. Pourtant, elle est plutôt gentille, ces derniers temps, surtout aux répétitions. Elle doit être de bonne humeur à cause des costumes.

— Pourquoi donc?

— On passe beaucoup de temps à faire des ajustements et des changements de costumes. Comme elle aime la mode et les vêtements, elle est comblée.

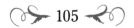

Moi aussi, ça me plaît bien. Quand on porte un costume de l'époque coloniale, c'est comme si on enlevait tous les rappels de la vie moderne. On retire tous les accessoires comme les barrettes, les montres et les bijoux. Véro enlève même le collier qu'elle a toujours au cou. En enfilant nos jupons, nos robes et nos bonnets, c'est comme si on remontait dans le temps.

— Génial, dit Sophie.

— Oui! Et quand elle est costumée, Véro est la personne la plus gentille qui soit. Elle est concentrée, encourageante et serviable. Par exemple, hier, quand je suis allée au vestiaire, la robe que je devais porter pour la scène la plus importante était déchirée.

— Déchirée?

— Oui. Le corsage était décousu. J'avais dû l'enlever sans faire attention la veille, même si je n'ai rien remarqué sur le coup. Comme Véro sait coudre, elle a proposé de l'apporter chez elle pour la réparer.

— C'est gentil de sa part, admet Sophie. Tu te souviens, mercredi dernier, en éducation physique? La prof a obligé Véro à enlever son collier car ce n'était pas sécuritaire de porter des bijoux en grimpant aux cordes. Quand j'ai battu Véro en arrivant la première au sommet, je pensais qu'elle serait fâchée. Mais elle était impressionnée et m'a même félicitée.

Chloé s'en souvient. C'est comme si Véro avait deux personnalités. Parfois, elle est gentille et généreuse, et à d'autres moments, elle devient calculatrice et envieuse. Verte de jalousie!

Pendant que Sophie cherche la prochaine équation d'algèbre dans ses notes, Chloé fouille dans sa mémoire. Elle essaie de trouver un lien logique entre les étranges changements de comportement de Véro. Quel est le dénominateur commun entre toutes ses crises de jalousie?

Le son de la sonnette au rez-de-chaussée la distrait.

Sophie lève les yeux de ses feuilles, étonnée.

— Qui peut bien sonner à 19 h, un dimanche soir?

— Allons voir, propose Chloé. Je boirais bien un chocolat chaud.

— Bonne idée. Mais apportons le manuel pour ne pas perdre de temps en attendant que l'eau bouille.

En arrivant au bas de l'escalier, la surprise les fait presque trébucher. Dans le salon des Guérin, assise sur le canapé à côté de David, se trouve Véro, dans toute sa splendeur rousse. Son sac à dos est posé à côté d'elle et elle tient un petit calepin. Chloé déteste l'admettre, mais Véro est resplendissante dans son chandail duveteux à col en V de couleur vert chartreuse, qui révèle son collier. Elle porte aussi une petite jupe à volants et les bottes de cuir noir qu'elle réserve aux occasions spéciales, comme elle l'a déjà mentionné à Chloé.

De toute évidence, David Guérin est une occasion spéciale.

— Véro? Que fais-tu ici? demande Sophie.

Véro lève les yeux. Quand elle voit Sophie et Chloé ensemble, un éclair traverse ses yeux verts. Peut-être est-ce à cause de l'éclairage tamisé du salon, mais Chloé jurerait que ses yeux sont encore plus verts que d'habitude.

— Je dois écrire un article sur le sport pour mon cours de journalisme, explique-t-elle d'un ton hautain. Alors, je suis venue faire une entrevue avec David à propos de l'équipe de football.

Ses yeux luisent, aussi verts que des pommes Granny Smith.

Chloé lui jette un regard sceptique.

— Tu aurais pu faire une entrevue avec Dimitri et Bruno ce midi.

— J'aurais pu, dit froidement Véro. Mais je ne l'ai pas fait.

Bien sûr qu'elle ne l'a pas fait. Parce que cette soi-disant entrevue est l'excuse idéale pour passer du temps seule avec David. Chloé se demande même si elle doit *vraiment* écrire un article pour le cours de journalisme. Elle lève les yeux au ciel et se dirige vers la cuisine.

— Comme tu veux, Véro.

— Ne prends pas ce ton avec moi, Chloé Radisson! s'écrie Véro en se levant d'un bond.

Elle serre les poings et ses yeux d'un vert intense brillent d'un éclat fluorescent.

— Tu es censée être *mon* amie! crie-t-elle en désignant le manuel dans les mains de Chloé. Pourtant, tu es venue étudier avec Sophie! Pourquoi ne m'avez-vous pas invitée?

— Parce que tu réagis comme *ça!* crie Chloé à son tour. Chaque fois que quelqu'un fait ou possède quelque chose dont tu as envie, tu piques une crise! Tu es souvent méchante et hypocrite, Véro. Ta jalousie est insupportable!

Comme pour prouver ses dires, Véro pousse un cri strident et jette son petit calepin à travers la pièce. Sophie se penche juste à temps. Le calepin passe par-dessus sa tête et va renverser le vase de porcelaine sur le manteau de cheminée.

Horrifiée, Chloé remarque que le collier de Véro scintille d'un éclat rougeâtre. Cela lui rappelle la soirée pyjama, quand elle rêvait que le cristal brûlait de l'intérieur.

Une expression de douleur déforme les traits de Véro et sa main se pose sur le cristal rougeoyant, comme s'il lui brûlait la peau. Prise de panique, Chloé voudrait courir vers elle et lui arracher le collier, mais Véro a une allure si terrifiante qu'elle ne peut se résoudre à l'approcher. Même David a un mouvement de recul.

Véro prend son sac à dos et le jette à l'autre bout de la pièce. Son contenu se répand sur le sol. Parmi les objets renversés se trouve un gros marqueur vert.

Des images surgissent dans l'esprit de Chloé : les toilettes des filles... les graffitis... le mot CONVOITISE. L'intuition de Sophie ne l'a pas trompée : Véro était si déçue de ne pas avoir eu le rôle principal qu'elle a vandalisé les toilettes de l'école.

— J'aurais dû attendre que tu sois arrivée au sommet avant de te faire dégringoler! déclare Véro. Pour que ta chute soit plus spectaculaire!

Il faut un moment à Chloé pour comprendre que Véro ne parle pas de façon symbolique. Elle parle de sa chute dans l'escalier ouest. C'était donc elle qui l'a saisie par derrière pour la faire tomber! Mais pourquoi? Voulait-elle éliminer la compétition pour le rôle d'Abigaïl?

Évidemment. Et qu'en est-il de Jenny?

Le doute qui planait dans son esprit se dissipe soudain et fait place à la compréhension. Quand tous les élèves émettaient des suppositions sur les produits capillaires de Jenny, Véro a affirmé avec certitude qu'il s'agissait de son shampoing *aux herbes et aux agrumes*. Pourtant, la direction de l'école avait gardé ce détail secret. Comment Véro le savait-elle... si ce n'était pas la coupable!

C'est parfaitement logique. Véro était jalouse des beaux cheveux blonds de Jenny. Ajoutons à cela la possibilité que Jenny obtienne le premier rôle. *En outre*, Véro savait que Jenny prendrait une douche après le cours, car cette dernière s'était plainte du problème d'eau chaude devant tout le monde. Cela fait de Véro la suspecte numéro un!

David commence à ramasser les objets qui sont tombés du sac à dos, y compris le marqueur compromettant. Avec une expression dégoûtée, il tend le sac à Véro en disant :

— L'entrevue est terminée. Rentre chez toi.

— Très bien, répond-elle. Et vous deux, les grandes amies, je vous laisse étudier l'algèbre toutes seules! J'espère que vous échouerez à l'examen!

Elle sort du salon en courant et claque la porte de la maison derrière elle.

Sophie va ramasser le vase de porcelaine. Heureusement, il n'est pas brisé.

— Ce n'est peut-être pas une vraie sorcière, mais elle agit comme si elle l'était! déclare-t-elle. Je parie que c'est pour cette raison qu'elle est partie de Salem. Personne ne veut être son ami après avoir passé quelques minutes avec elle!

Chloé sait que ce commentaire n'est qu'une blague pour alléger l'atmosphère, mais il y a peut-être du vrai dans ce qu'elle dit. L'explication de la jalousie excessive de Véro pourrait se trouver dans son passé.

Et Salem est probablement l'endroit où elle trouvera la réponse!

CHAPITRE DIX

Le lundi, Chloé et Sophie entrent dans la classe d'algèbre, prêtes pour l'examen. Mme Fortin distribue les feuilles, puis le silence s'installe dans la pièce, à l'exception du grattement des crayons sur le papier.

Vers le milieu de l'examen, quelqu'un frappe à la porte. C'est le directeur. Chloé essaie de se concentrer sur les équations, mais ne peut s'empêcher de regarder en avant, où le directeur chuchote quelque chose à l'enseignante. Les yeux écarquillés, cette dernière se met à fouiller dans les tiroirs de son bureau, à déplacer des chemises et même à soulever son buvard. Après cinq minutes de conversation à voix basse, le directeur repart et Mme Fortin s'avance vers les élèves.

— Déposez vos crayons! ordonne-t-elle d'un ton furieux.

Tout le monde lui obéit aussitôt.

Tony Harris, un garçon studieux qui est assis à côté de Chloé, a l'air perplexe.

— Il reste encore du temps, souligne-t-il.

— Je sais, Tony, dit l'enseignante. Mais l'examen est annulé.

Un murmure étonné accueille cette annonce. Chloé jette un coup d'œil à Véro, qui semble aussi surprise que les autres. Les pupitres à côté d'elle sont vides. Les jumeaux Devlin sont absents.

— Je suis obligée de reporter cet examen, poursuit l'enseignante. On vient de m'informer que le corrigé a été volé dans mon bureau.

Cette révélation provoque des exclamations de surprise. Quelqu'un a volé le corrigé? C'est presque impensable! C'est de la tricherie! L'école fonctionne avec un code d'honneur, que chaque élève doit signer le premier jour d'école. Le plagiat est puni par un renvoi temporaire.

— Le corrigé a été trouvé en possession de deux élèves de cette classe, explique Mme Fortin.

Tout le monde sait de qui il s'agit. Les bureaux vides, ainsi que la réputation des Devlin, dit tout.

— Pour compliquer les choses, poursuit-elle d'une voix grave, il se peut que les coupables aient fait des copies du corrigé, qu'ils auraient distribuées à d'autres élèves. Selon le code d'honneur, quiconque possède de l'information sur cette possibilité doit en parler maintenant.

 113

— Que voulez-vous dire? demande Tony.

— Si quelqu'un soupçonne un autre élève d'avoir reçu une copie du corrigé, il doit me le faire savoir.

Autrement dit, le dénoncer. Tout le monde en est conscient.

— Comment on le saurait? ajoute Tony.

— Eh bien, si vous avez vu quelqu'un avec Dexter ou Derek Devlin, surtout si cette personne ne les fréquente pas d'habitude, cela serait un indice compromettant.

Véro lève la main et tout le monde se retourne pour la regarder.

— Oui, Véro? demande l'enseignante.

Les yeux de la jeune fille sont passés de leur couleur émeraude habituelle à une teinte verdâtre malsaine.

— J'ai vu Sophie Guérin avec les Devlin! accuse-t-elle.

Des exclamations incrédules fusent. Tous les yeux se tournent vers Sophie, qui a soudain pâli.

— Es-tu certaine? demande Mme Fortin. C'est une accusation très sérieuse.

Au grand soulagement de Chloé, l'enseignante ne semble pas convaincue.

— J'ai vu Sophie Guérin avec les Devlin! répète Véro.

Sophie tremble comme une feuille. Des larmes coulent sur ses joues.

— Ce n'est pas vrai! proteste-t-elle. Personne ne m'a donné de copie du corrigé, ni les Devlin ni personne d'autre! Je le jure!

Avec une expression grave, l'enseignante s'approche de son pupitre. Sans un mot, elle prend la feuille d'examen de Sophie.

— Toutes les réponses sont exactes, dit-elle d'une voix douce et triste.

— C'est parce qu'elle a triché! s'écrie Véro.

— Non, lance Chloé en lui jetant un regard courroucé. C'est parce qu'elle a étudié! Elle a beaucoup révisé, tout comme moi. Sophie ne tricherait jamais!

— Tu ne peux pas prouver qu'elle n'a pas triché! lance Véro.

— Et toi, tu ne peux pas prouver qu'elle l'a fait! riposte Chloé. C'est ta parole contre la sienne!

Mme Fortin garde le silence un moment. Puis elle dit :

— Je suis désolée, Sophie. Le corrigé a disparu et une accusation a été portée contre toi. Je vais devoir soumettre cela à la direction de l'école. Bien entendu, je devrai aussi appeler tes parents. Mais dans les circonstances, le mieux à faire est de te mettre en probation.

Chloé ne sait pas trop de quoi il s'agit, mais ça ne lui dit rien de bon.

La cloche sonne. Sophie rassemble ses affaires et sort du local en courant.

— Laissez vos feuilles sur vos bureaux, dit l'enseignante en soupirant. Je vous informerai de la date de reprise de l'examen.

Chloé se tourne vers Véro, qui a une expression cruelle et satisfaite. Puis elle remarque son pendentif en cristal. Il semble rempli de fumée verdâtre tourbillonnante. De l'intérieur du cristal, deux yeux au regard démoniaque sont fixés sur elle.

Plus que jamais, elle sait qu'une visite à Salem s'impose. Et sans délai!

Après les répétitions, Chloé téléphone à sa mère. Elle lui dit qu'elle doit rester à l'école pour aider à peindre les décors. Puis elle appelle un taxi.

Dix minutes plus tard, elle est assise à l'arrière d'une berline jaune et demande au chauffeur de la conduire à Salem. Elle a emprunté l'argent de la course à Kim, sous prétexte d'acheter des billets supplémentaires pour son oncle et sa tante, qui vont venir de Boston pour voir la pièce. Elle lui a promis de la rembourser le lendemain matin.

Chloé déteste mentir à sa mère et à son amie, mais elle doit découvrir la vérité sur Véro.

Le taxi la dépose devant la maison où habitaient les Dunbar, une vieille demeure coloniale au toit mansardé. Chloé a facilement trouvé l'adresse en ligne en cherchant dans les transactions immobilières de la ville de Salem. Heureusement, les gens qui ont acheté cette maison n'y ont pas encore emménagé. Selon toute apparence, ils sont en train de faire repeindre l'intérieur. Une camionnette remplie d'échelles et de pots de peinture est garée dans l'allée. La porte de la maison est ouverte.

Chloé inspire profondément avant d'entrer. Il n'y a aucun meuble. Les planchers sont couverts de bâches tachées de peinture et il flotte une odeur de térébenthine et de peinture fraîche.

— Il y a quelqu'un? lance-t-elle.

Sa voix résonne dans les pièces vides.

— Je suis en haut! répond une voix d'homme, dont le visage apparaît en haut de l'escalier. Je peux t'aider?

— Heu, oui. Je m'appelle Véro Dunbar. J'habitais ici, avant.

— Ah bon? Et alors?

— Je pense que j'ai oublié quelque chose dans le fond de mon placard, ment-elle. Je me demandais si je pouvais aller voir.

— Pas de problème. Mais ne touche pas aux murs ni aux boiseries. Ce n'est pas encore sec.

Chloé se force à sourire. Tous ces mensonges lui laissent un mauvais goût dans la bouche. Elle dépose son sac à dos dans l'entrée et monte l'escalier.

Elle se fige en arrivant en haut. Il y a trois chambres à l'étage, et elle n'a aucun moyen de savoir laquelle était celle de Véro. Après un moment de réflexion, elle élimine la plus grande, qui devait être celle des parents. Mais elle doit encore choisir entre les deux autres.

Le peintre remarque son hésitation.

— Tu ne te souviens pas laquelle était ta chambre?

— Mais oui, réplique-t-elle en avalant sa salive. C'est juste que... ma grande sœur me vole toujours mes affaires, et ce que je cherche pourrait aussi être dans sa chambre.

Le peintre hoche la tête en ajustant sa casquette.

— Je te comprends! J'ai un petit frère, moi aussi. Il aurait volé mes chaussettes sales si je ne l'avais pas surveillé, quand on était jeunes!

Là-dessus, il descend chercher un pinceau.

Soulagée, Chloé entre dans la première chambre, qui a un plafond en pente et quatre petites fenêtres. La jeune fille préférerait savoir ce qu'elle cherche. Mais elle est convaincue qu'elle le saura en le voyant. Elle ouvre la porte du placard et constate qu'il est vide. Il ne reste même pas un cintre ou une vieille boîte à chaussures oubliée.

Elle traverse le couloir et entre dans l'autre chambre. Deux petits placards encadrent une grande fenêtre pourvue d'une banquette. Chloé regarde dans chaque placard. Ils sont vides. Découragée, elle se laisse tomber sur la banquette, provoquant un son creux.

Ce n'est pas qu'une simple banquette, c'est aussi un coffre de rangement!

La jeune fille se lève d'un bond et voit que le siège est doté de charnières. Le cœur battant, elle soulève le couvercle.

Le compartiment est vide, à l'exception d'un sac de papier dans un coin. Elle avance la main (en espérant qu'il n'y a pas d'araignée!) et saisit le sac. Elle referme le couvercle et se hâte de retourner au rez-de-chaussée.

Dans l'entrée, le peintre est en train d'observer son sac à dos, les sourcils froncés.

— Que...qu'est-ce qu'il y a? balbutie-t-elle.

— Tu m'as dit que tu t'appelais Véro Dunbar, répond l'homme. Alors, pourquoi le nom « Chloé » est-il écrit sur ton sac?

Elle laisse échapper un petit cri de panique.

— Bonne question! Je me suis trompée de maison!

Elle s'empare du sac et s'enfuit à toutes jambes jusqu'au coin de la rue. Lorsqu'elle a perdu la maison de vue et est certaine que le peintre ne l'a pas suivie, elle s'arrête pour reprendre son souffle.

Et pour examiner le sac qu'elle a trouvé sous la banquette.

Ce n'est qu'un simple sac de papier brun, mais un logo est imprimé sur le côté : CURIOSITÉS D'ANTAN, SALEM, MA.

Puisque c'est son seul indice, elle se dirige vers la rue Principale.

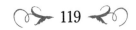

Quand elle parvient au charmant quartier commercial de Salem, le soleil est déjà couché et l'air s'est rafraîchi. Elle va d'une boutique à l'autre, et finit par apercevoir un petit magasin poussiéreux au bout d'une ruelle sombre. La porte vitrée semble plus vieille que tout ce que Chloé a vu en ville. Elle est déformée et ternie par l'âge. Sur la vitre ondulée, on peut lire en lettres dorées : CURIOSITÉS D'ANTAN.

— Un endroit idéal pour les gens curieux... marmonne Chloé. Et je suis curieuse!

Rassemblant son courage, elle pousse la porte grinçante.

Le petit magasin est mal éclairé et encombré du sol au plafond de vêtements rétro, de vieux meubles, de bibelots, de livres, de tableaux... et de bijoux. Si un lieu évoque Véro, c'est bien celui-ci!

Un vieil homme est assis sur un tabouret de bois bancal derrière le comptoir. Aux yeux de Chloé, il pourrait bien avoir été là depuis l'époque puritaine de Salem. Elle est soulagée quand le vieil homme lui sourit. Le fait qu'il lui rappelle son grand-père lui donne le courage nécessaire pour l'interroger.

— Une de mes amies a un collier, commence-t-elle.

Elle manque de s'étouffer sur le mot *amie*, car Véro semble plutôt être sa pire ennemie en ce moment.

— C'est un ras-de-cou, reprend-elle. Il est en métal avec un gros pendentif de cristal. Se pourrait-il qu'elle l'ait acheté ici?

Le vieil homme hoche la tête et son regard s'assombrit, comme si la description de Chloé l'effrayait.

— On dirait la Folie de Martha, dit-il lentement.

— La Folie de Martha? répète Chloé.

Ce nom lui rappelle quelque chose, mais quoi?

— C'est ainsi que les gens du coin l'appellent. Ce petit ras-de-cou date des années 1600. Selon la légende, ce collier aurait des pouvoirs magiques. Je l'ai eu dans ma boutique durant des années. Pour être franc, j'étais soulagé de l'avoir enfin vendu. Il me faisait vraiment peur!

Chloé a un sursaut d'espoir. Elle sent qu'elle va bientôt résoudre le mystère.

— L'auriez-vous vendu à une fille de mon âge, par hasard?

— Oui, répond le marchand. J'ai tenté de la dissuader, au début. J'ai même essayé de lui raconter l'horrible histoire de Martha et Zacharie...

L'histoire! Celle que Véro leur a racontée à la soirée pyjama! À présent, Chloé sait pourquoi le nom de Martha lui semblait familier. Voilà où Véro a entendu cette histoire. C'est bizarre qu'elle n'ait jamais mentionné que cela avait un lien avec son propre collier! Et encore plus bizarre qu'elle n'ait pas su comment le récit se terminait.

— Que voulez-vous dire par « essayé »?

L'homme secoue la tête.

— Ton amie était pressée et n'est pas restée pour entendre la fin de l'histoire; elle est partie au moment où je racontais qu'Arabella avait reçu un cadeau anonyme.

— Moi, j'ai tout mon temps, dit Chloé.

L'antiquaire s'installe plus confortablement sur son tabouret.

— Eh bien, Arabella était ravie de son nouveau collier. Elle le portait constamment, et tout le monde lui en faisait compliment. Mais quelque chose d'étrange s'est produit. Arabella, qui n'avait jamais été envieuse, a commencé à agir comme une harpie jalouse. Chaque fois que son mari Zacharie saluait une autre femme, elle piquait une crise de jalousie. Si ses voisins avaient un nouveau cheval de labour, elle insistait pour que Zacharie achète deux étalons, juste pour les surpasser. Si les voisins acquéraient deux hectares de terrain, elle ordonnait à Zacharie d'en acheter quatre, pour ne pas être en reste. Tu vois le genre!

— Que lui est-il arrivé? demande Chloé.

— Les gens de l'époque avaient tendance à tout expliquer par la sorcellerie. Ils avaient tort, bien sûr, et étaient ignorants. Mais c'était ainsi autrefois. Et comme personne, pas même Zacharie, ne pouvait expliquer le nouveau comportement d'Arabella, les anciens de la ville ont déclaré qu'elle était une sorcière et l'ont condamnée à mort.

— Oh, non!

— Le pauvre Zacharie avait le cœur brisé, car malgré sa jalousie, il l'aimait toujours. Il s'est écrié qu'il voulait garder un objet qui lui rappellerait sa bien-aimée. Les anciens ont eu pitié de lui et ont retiré le collier du cou d'Arabella. Et soudain, son comportement a changé du tout au tout. Sa jalousie et sa méchanceté ont disparu, comme si elles avaient été magiquement enlevées de son âme.

— C'était le collier! s'écrie Chloé. Le collier la rendait jalouse!

Le vieux hoche la tête.

— Il s'est avéré que la cruelle Martha avait envoyé ce cadeau anonyme à Arabella. Et ce collier était ensorcelé. Elle voulait se venger de la femme qui avait conquis le cœur de Zacharie, et s'est dit que la meilleure façon d'y arriver était de lui faire connaître la terrible jalousie qu'elle-même éprouvait.

— Les anciens ont-ils accusé Martha de sorcellerie? demande la jeune fille, captivée par le récit.

— Ils n'ont pas pu. Avant qu'ils puissent l'arrêter, elle a invoqué les forces des ténèbres! Et elles ont entendu son appel. Martha s'est volatilisée dans un tourbillon de brouillard verdâtre, à l'exception de son collier. Durant des années, ce collier a été exposé à l'hôtel de ville pour rappeler aux citoyens les dangers de la sorcellerie. Certains croyaient que Martha s'était cachée à l'intérieur du cristal, mais la plupart trouvaient cette théorie ridicule. Finalement, ils ont compris que la sorcellerie n'existait pas et ont perdu tout intérêt pour ce collier. Selon ce que j'ai entendu, les petits-enfants d'Arabella ont fini par le vendre pour acheter une nouvelle vache ou quelque chose du genre. Ensuite, il a été transmis d'une génération à l'autre comme un simple bijou antique.

Et trois siècles plus tard, une innocente élève de septième année l'a acheté, sans se douter qu'un ancien sortilège allait la rendre verte de jalousie chaque fois qu'elle le porterait.

— Merci pour ces informations, dit Chloé.

— Il n'y a pas de quoi, répond le vieil homme. Dis-moi, serais-tu intéressée par un ensemble de salière et poivrière commémorant le procès des sorcières de Salem?

Pour être polie, la jeune fille achète un autocollant « J' ♥ Salem » et un chat noir en peluche qui miaule quand on lui presse la queue.

Puis elle appelle un taxi. Durant le trajet de retour, elle élabore un plan.

CHAPITRE ONZE

Le lendemain, avant le cours d'éducation physique, Chloé se prépare à tester sa théorie sur le collier ensorcelé qui causerait les crises de jalousie de Véro. Dans le vestiaire des filles, elle attend que cette dernière ait enfilé sa tenue de gym et enlevé son collier avant de s'approcher d'elle.

— C'est difficile à croire qu'il reste seulement deux jours avant la première! dit-elle, comme si de rien n'était.

— Je sais! J'ai tellement hâte! répond Véro avec un sourire radieux.

— Et la robe, ça avance?

— Oui, elle sera parfaite, réplique Véro d'un ton sincère. Elle ne sera pas prête à temps pour la générale demain, mais je l'apporterai le soir de la première.

— Super, dit Chloé. Parce que je veux vraiment faire bonne impression. Après tout, j'ai le rôle *principal*.

Elle appuie délibérément sur le mot *principal*. Elle n'a pas l'habitude de se vanter, et se sent mal à l'aise d'agir de façon aussi vaniteuse. Mais ça fait partie de son plan. Elle n'a pas le choix.

— Ne t'en fais pas, dit Véro. Tu auras fière allure.

Elles sortent du vestiaire et vont dans le gymnase, où l'enseignante est en train d'installer des poids et de parler de tonus musculaire. En voyant Chloé bavarder avec Véro, Sophie semble surprise. En fait, elle se sent trahie. Mais Chloé lui jette un regard signifiant « fais-moi confiance ». Son amie répond par un petit signe de tête. Elle ne sait peut-être pas ce que Chloé a en tête, mais elle a entièrement confiance en sa meilleure amie.

Avec un petit sourire, Sophie retourne à ses exercices de biceps.

— Merci encore de recoudre la robe, dit Chloé en se tournant vers Véro. Je suis vraiment contente que tu puisses la réparer. C'est le *meilleur* costume de toute la pièce, n'est-ce pas? Mieux que tous les autres. Et je trouve que cette robe me va super bien.

Véro hoche la tête avec enthousiasme :

— C'est vrai! Avec son col montant et ses poignets empesés! La mode puritaine à son meilleur! Et j'adore les broderies sur le tablier.

— Je parie que tu aimerais porter un costume comme celui-là, ajoute Chloé.

— C'est certain, soupire Véro. Ce serait agréable d'avoir un aussi beau costume. Mais une robe de ce genre ne conviendrait pas à mon personnage.

Chloé sourit intérieurement. Pas de lueur de colère, pas de paroles cruelles, et heureusement, pas de poids de cinq kilos projeté à travers le gymnase.

La véritable Véro est, comme elle s'en est toujours doutée, une fille gentille, normale, pas jalouse pour un sou.

C'est seulement son *bijou* qui a mauvais caractère!

Ce soir-là, Chloé envoie un texto à Sophie pour lui demander de marcher jusqu'à l'école avec elle le lendemain.

Lorsqu'elles gravissent la pente du vieux cimetière, de faibles rayons de soleil hivernal passent à travers les branches grises et tordues des arbres. Derrière elles, le port s'étend, froid et sombre. La baie semble d'une profondeur insondable dans la pénombre matinale. Chloé rompt le silence pour raconter à Sophie l'histoire de la Folie de Martha et sa théorie sur la jalousie de Véro.

— C'est tellement bizarre, dit Sophie.

Son souffle forme un petit nuage, tel un fantôme de givre dans l'air glacial.

— Je sais, répond Chloé en hochant la tête.

— Je n'arrive pas à croire qu'elle t'a poussée dans l'escalier! s'exclame Sophie avec colère. Tu aurais pu te blesser.

— Je sais, répète Chloé, le cœur serré par le souvenir de sa chute presque catastrophique dans l'escalier ouest. Mais ce n'est pas sa faute. Pas plus que l'incident des toilettes ou les cheveux de Jenny. Ou même le fait qu'elle t'ait accusée de plagiat dans la classe de Mme Fortin.

— Ah, oui! dit Sophie en soupirant, le front plissé. Tu es certaine qu'elle agissait sous l'influence d'un sortilège?

— Certaine. Quand je lui ai parlé dans le gym hier, je me suis vantée pour la rendre jalouse. J'essayais de provoquer sa colère. Mais elle ne portait pas le collier et n'a pas réagi.

Elles poursuivent leur chemin en silence.

— Écoute, finit par dire Chloé lorsqu'elles atteignent le haut de la pente. Je vais mettre un terme à ce stupide sortilège une fois pour toutes. J'ai juste besoin de deux journées de plus. Après demain soir, si Véro est toujours froide, calculatrice et jalouse, je te promets qu'on ne lui parlera plus jamais.

— Entendu. Fais ce que tu dois faire. Mais je t'en prie, sois prudente. Des sortilèges, de la magie noire et des mauvais esprits enfermés dans des cristaux... Et si cette vieille folle de Martha n'aimait pas ton plan pour sauver Véro?

Une expression inquiète assombrit son visage.

— C'est un risque que je dois prendre, répond gravement Chloé. Pas seulement pour Véro, mais pour la sécurité de tout le monde. Si je ne le fais pas... qui sait ce qu'elle fera ensuite?

Elles se trouvent tout près du vieux cimetière, à présent. Une bourrasque de vent agite l'herbe desséchée qui borde les anciennes pierres tombales.

Peut-être en souvenir du passé, ou juste pour ne prendre aucun risque, les deux filles aspirent une grande goulée d'air glacial et retiennent leur souffle.

En fin d'après-midi, la répétition générale se déroule sans anicroche — à l'exception de la robe de Chloé qui n'est toujours pas prête. L'éclairage, les accessoires, les changements de décor, tout est impeccable, comme si le spectacle était donné par une compagnie de théâtre professionnelle, et non par un club de théâtre amateur d'école secondaire. M. Watson se déclare enchanté du travail de toute l'équipe. Il dit aux acteurs de rentrer chez eux pour avoir une bonne nuit de sommeil en prévision de la première du jeudi soir.

Toutefois, l'équipe technique doit travailler jusqu'en soirée. Les plus gros éléments de décor sont inachevés, et les constructeurs attendent en coulisse que la répétition soit terminée pour finir leur travail.

En partant, Chloé entend la voix de M. Watson résonner dans l'auditorium :

— Est-ce qu'un membre de l'équipe technique peut faire quelque chose pour le toit de la maison des Proctor? Il est complètement de travers!

Pendant que Chloé attend sa mère dans l'entrée de l'école, Dimitri et Bruno arrivent de leur entraînement de football.

— Salut, Chloé, dit Bruno. Ta mère vient te chercher?

— Oui, et toi?

— Mon père va nous ramener à la maison, répond Dimitri. Il est au gymnase auxiliaire pour le club d'entraide des athlètes. L'équipement de tir à l'arc a été livré aujourd'hui. Il fait un inventaire des cibles, des flèches et des arcs.

— Et des carquois! ajoute Chloé avec un petit sourire.

— Et des carquois! répète Bruno en riant. Tu es prête pour la première?

— Aussi prête que possible! répond-elle. J'espère que vous viendrez voir la pièce.

— Je ne raterais jamais ça! réplique Dimitri.

— Moi non plus, ajoute Bruno. Et... heu... me rendrais-tu un service?

Chloé est étonnée de voir que ses joues sont toutes roses.

— Bien sûr, Bruno. Quoi donc?

— Pourrais-tu... commence-t-il en baissant les yeux. Pourrais-tu dire à Sophie que... heu... j'aimerais m'asseoir à côté d'elle pendant la pièce?

— Tu peux compter sur moi! répond-elle en souriant.

Puis le père de Dimitri arrive.

— Comment s'est passé l'inventaire? lui demande son fils.

— Pas mal. Avec tous ces arcs et ces flèches éparpillés partout, on dirait que les Joyeux Compagnons de Robin des Bois font une vente-débarras dans le gymnase!

Il souhaite bonne chance à Chloé pour la pièce et part avec les garçons. Un instant plus tard, la voiture de sa mère arrive. Comme sa sœur est déjà assise à l'avant, Chloé ouvre la portière arrière. Elle est étonnée de voir un sac-cadeau argenté sur le siège.

— Qu'est-ce que c'est?

Eva se retourne avec une expression énigmatique.

— C'est de ma part.

Curieuse, Chloé plonge la main dans le papier de soie rose. Avec une surprise ravie, elle en sort un cardigan jaune tout neuf, encore plus doux et joli que le premier. Un petit bijou doré est épinglé au tissu : une délicate épinglette en forme d'étoile.

— Ça, c'est parce que tu as le premier rôle, dit Eva en souriant. J'ai toujours su que ma petite sœur était une étoile!

CHAPITRE DOUZE

Chloé suppose qu'il est normal d'être nerveuse un soir de première. Mais son énervement n'a rien à voir avec ses répliques ou des problèmes de costume.

Ce qui l'inquiète, c'est d'affronter un puissant sortilège et l'esprit diabolique qui l'a jeté trois siècles plus tôt.

Elle repasse son plan dans sa tête pour la millième fois, et organise ses pensées en tapant une liste grâce à l'application de prise de notes de son téléphone.

1) Envoyer un message à Véro et lui dire de me rencontrer en coulisse une demi-heure avant le lever du rideau. Prétexter l'essai de la robe.
2) Quand elle enfilera son costume de Rebecca Nurse, prendre le collier dans sa loge.
3) Fracasser le cristal. Le briser en mille morceaux!

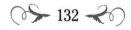

4) Croiser les doigts et essayer de ne pas m'évanouir de frayeur.

5) Si la destruction du cristal anéantit l'esprit de Martha, continuer le spectacle.

6) Si cela ne détruit pas l'esprit de Martha, relire l'étape n° 4.

7) Me sauver en courant!

En entrant dans l'auditorium, elle est heureuse de voir que personne d'autre n'est arrivé. La scène est faiblement éclairée. Elle admire le travail des constructeurs et accessoiristes. Le décor est complété et très impressionnant, y compris le toit de la maison des Proctor, dont l'angle est maintenant parfaitement symétrique. Chloé s'assoit au bord de la scène.

Elle n'attend pas longtemps. Véro arrive quelques moments plus tard.

Elle fait irruption sur la scène avec une expression sévère. Chloé aimerait que l'éclairage lui permette de mieux distinguer ses yeux et jauger l'intensité de leur couleur verte.

— Me voici, dit sèchement Véro en enlevant son manteau. Comme tu me l'as demandé.

La première chose que Chloé remarque, c'est que Véro porte le collier. La deuxième, c'est qu'elle porte la robe d'Abigaïl.

Le costume qu'elle devait réparer et apporter à Chloé pour qu'elle l'essaie! C'est elle qui le porte. Mais pourquoi?

Chloé voudrait consulter son téléphone, mais elle est certaine que son plan ne prévoit pas cette éventualité.

— C'est mon costume, dit-elle à Véro.

— Plus maintenant.

Sa voix inhabituellement rauque résonne dans l'auditorium désert. Cette voix semble vieille, cruelle et lointaine. Serait-ce la voix de Martha? Parle-t-elle à la place de Véro?

Numéro 4 : croiser les doigts et essayer de ne pas m'évanouir de frayeur.

— Que veux-tu dire, au juste? demande Chloé en redressant les épaules pour tenter d'avoir l'air brave.

— J'ai décidé de jouer le rôle d'Abigaïl Williams, répond la voix caverneuse. Ce rôle aurait dû être le mien depuis le début. Alors, au lieu de repriser le corsage décousu, j'ai entièrement refait la robe. Je l'ai modifiée pour qu'elle soit à ma taille.

— C'est donc une création coloniale faite sur mesure? blague Chloé pour tenter de faire réapparaître la véritable Véro. Et pas seulement un simple vêtement puritain prêt-à-porter?

Véro la toise d'un air courroucé.

De toute évidence, le plan de Chloé ne s'applique plus. Si Véro n'entre pas dans le vestiaire pour se changer, il lui sera impossible de s'emparer du collier.

Elle doit être prudente, car Véro semble prête à grimper aux rideaux. Hum... Cela lui donne une idée.

— Véro, écoute-moi! dit-elle en reculant lentement vers l'arrière de la scène. Ce n'est pas vraiment toi. Un sortilège te rend méchante et jalouse!

— Je vais jouer le rôle principal, répète Véro d'une voix rauque. Tu seras Rebecca Nurse! Mais c'est moi qui saluerai le public en dernier!

Chloé fait un petit pas en arrière. Puis un autre. Jusqu'à ce qu'elle se retrouve à l'entrée des coulisses. Elle tend lentement le bras derrière elle...

— M'entends-tu? crie Véro d'une voix stridente qui transperce le silence. Je serai la vedette, et c'est moi qui tirerai la dernière révérence!

— Vraiment? réplique Chloé en saisissant une corde derrière elle. Juste avant la chute du rideau?

Elle tire sur la corde et le lourd rideau de velours tombe sur Véro. Déséquilibrée, la jeune fille s'affale par terre, empêtrée dans le tissu. Elle grogne en agitant les bras, s'efforçant de se libérer du poids du rideau.

Chloé n'a que quelques secondes pour agir avant que Véro ne se relève. Elle doit faire vite. Rassemblant son courage, elle tend la main vers le cou de son amie. Ses doigts se referment sur le collier. Elle tire brusquement et les vieux maillons de métal se séparent. Pendant un instant, elle reste immobile à contempler le collier ensorcelé dans sa main. Elle espère que le fait de l'avoir arraché du cou de Véro suffira, que le sortilège cessera d'agir, comme les fois précédentes où elle ne le portait pas.

Mais un seul regard à son visage déformé par la fureur et la jalousie lui fait comprendre que cette fois, ce sera différent. Le sortilège a maintenant assez de puissance pour contrôler Véro, même si elle ne porte pas le collier.

Le teint livide, elle voit Véro se dépêtrer du rideau de velours et se remettre sur pied.

— Donne... moi... mon... collier! grogne cette dernière.

Chloé essaie de se rappeler tout ce que Véro et le vieil antiquaire lui ont dit au sujet de Martha. Il y a peut-être un élément de cette histoire qui lui indiquerait la façon de renverser le sortilège une fois pour toutes... *Arabella, Zacharie, le cadeau anonyme...* Des images du récit tourbillonnent dans sa tête : *les rats, la variole, le pasteur Pastor...*

Soudain, elle sait ce qu'elle doit faire. Elle tourne les talons et se met à courir.

Elle entend les pas de Véro derrière elle. Son souffle court résonne dans les couloirs déserts.

En arrivant au gymnase auxiliaire, Chloé ouvre la porte à la volée. Les hautes fenêtres du petit gymnase laissent entrer suffisamment de clair de lune pour qu'elle voie à quelques pas devant elle. Elle trouve ce qu'elle cherche juste avant que Véro n'entre à son tour.

— L'histoire que tu nous as racontée au sujet de Martha et Arabella est vraie, dit Chloé. Mais il y a autre chose que tu ne sais pas. Martha a jeté un sort à Arabella en utilisant ce collier.

— Tu es juste jalouse parce que le collier n'est pas à toi! crache Véro.

Chloé n'en revient pas. Véro l'accuse d'être jalouse? Si elle n'avait pas si peur, elle lui rirait à la figure.

— Tu es fâchée chaque fois que quelqu'un a quelque chose que tu désires, rétorque Chloé en tentant de garder son calme.

Elle recule lentement vers l'une des cibles de tir à l'arc. Dans la faible lueur de la lune, elle peut à peine distinguer les cercles noir, bleu et rouge, ainsi que le centre jaune de la cible.

— Mais ce n'est pas ta faute, c'est à cause du collier ensorcelé, poursuit-elle.

Véro avance vers elle avec un regard féroce et démoniaque, puis elle s'immobilise soudain.

— Mais c'est moi qui aurais dû avoir le rôle principal! dit-elle.

— Tout le monde a droit à son opinion, réplique Chloé avec un calme feint.

Tout en parlant, elle tend la main et accroche le collier au centre de la cible à l'aide de son attache

brisée. Puis elle soulève l'arc qu'elle avait à la main et vise Véro.

Le pasteur Pastor avait dit que la seule façon de détruire Martha était de lui tirer une flèche en plein cœur au point culminant d'une crise de jalousie. Alors, la seule façon de mettre fin au sortilège serait peut-être de détruire le collier au moment précis où la victime de ce même sortilège est en pleine crise de jalousie...

— Admets-le donc, Véro, déclare Chloé d'un ton hautain, en forçant la jeune fille à s'éloigner de la cible. Je suis une meilleure actrice que toi!

— Non! crie Véro.

— Les cheveux de Jenny sont plus beaux que les tiens! Sophie est ma meilleure amie et tu ne le seras jamais! Comment te sens-tu, maintenant?

La réponse de Véro est un hurlement d'une telle violence que les genoux de Chloé tremblent de frayeur. Mais elle n'hésite pas. Elle se retourne et vise la cible...

En espérant que son plan ait de meilleurs résultats que celui du pasteur Pastor, elle lâche la corde et laisse la flèche s'envoler!

La pointe de la flèche va frapper le cœur de cristal, produisant un son assourdissant, amplifié par le cri à glacer le sang poussé par Véro. C'est comme si la flèche avait transpercé le cœur ensorcelé de la jeune fille qui tombe à genoux en portant la main à sa poitrine.

— Véro! s'écrie Chloé. Véro, ça va?

Le cœur battant, elle se tourne vers le cristal brisé qui pend au milieu de la cible.

Sous ses yeux incrédules, un tourbillon de brouillard vert s'échappe des éclats de cristal. Une brume ondoyante s'élève des fragments et se répand dans le gymnase. Puis, dans un bruit de tonnerre, le brouillard semble exploser, avant de disparaître dans le néant.

Chloé observe, horrifiée, l'endroit où se trouvait le collier un instant plus tôt. Seule la flèche demeure, enfoncée en plein centre de la cible.

Elle se précipite vers Véro, qui a cessé de se tordre de douleur.

— Véro?

Son amie lève les yeux. Chloé est envahie par un sentiment de soulagement, car son expression n'est plus un masque de rage et de jalousie. C'est un visage rempli de confusion et de frayeur. Quand elle plonge son regard dans le sien, pour la première fois depuis des jours, elle ne voit pas les cruels yeux verts luisants d'une âme maudite, mais les jolis yeux verts pétillants d'une amie.

— Que s'est-il passé? demande Véro.

Chloé pousse un énorme soupir.

— Disons seulement que je dois une fière chandelle au club d'entraide des athlètes!

Elle laisse tomber l'arc par terre et aide Véro à se relever.

— Je te promets de tout te raconter plus tard, ajoute-t-elle. Mais pour l'instant, nous avons un spectacle à donner.

— D'accord. Heu, Chloé...

— Oui?

— Pourquoi ai-je ton costume sur le dos?

Chloé éclate de rire. Une vague de soulagement la submerge à nouveau.

— C'est une longue histoire, dit-elle en souriant.

En se dirigeant vers les coulisses, elle pense à quelque chose.

— Hé, Véro?

— Oui?

— La prochaine fois que tu magasineras pour des accessoires, rends-moi un service.

— Oui, quoi donc?

Chloé pose un bras amical sur ses épaules.

— Évite les Curiosités d'antan et va donc au centre commercial, comme tout le monde!

CHAPITRE TREIZE

Les applaudissements sont assourdissants!

Des coulisses, Chloé peut voir ses parents et Eva dans la première rangée, rayonnants de fierté. Derrière eux se trouvent Alicia, Kim et Dimitri, et dans la rangée suivante, Sophie et Bruno. Les yeux brillants et satisfaite du travail accompli, Chloé se dirige vers le centre de la scène. Billy et elle font leur dernier salut. Tous les spectateurs se lèvent en sifflant et en criant.

Dans le tumulte, Chloé entend une voix lancer :

— Bravo, Chloé!

C'est David, constate-t-elle, radieuse.

Tous les acteurs lèvent la main vers les éclairagistes dans la cabine à l'arrière de la salle. Puis ils désignent la fosse d'orchestre, où se trouve le reste de l'équipe. Finalement, ils joignent les mains et, avec Chloé et Billy au centre, s'inclinent dans un dernier salut collectif.

Quand le rideau tombe (pour la deuxième fois ce soir-là, bien que personne ne le sache), Chloé a le cœur serré. C'est fini. Dans un dernier moment d'allégresse, la pièce a pris fin. Au fond de son cœur, la jeune fille sait que malgré les complications, la confusion et les sortilèges, c'était l'une des plus belles expériences de sa vie.

C'est la tradition pour les acteurs d'aller célébrer après la pièce en dégustant des glaces avec leurs amis. Les parents de Chloé attendent qu'elle se soit changée, puis la conduisent à la crémerie.

— Nous reviendrons dans une heure, dit sa mère, les yeux encore brillants de larmes de fierté. Tu étais excellente, Chloé!

— Merci, maman.

Avec l'impression de flotter sur un nuage, la jeune fille entre dans la crémerie. Les jeunes lui lancent des félicitations au passage. Amélie, la copine de Jenny, lui tape même dans la main. Un geste rare de la part d'une fille populaire de huitième année! La soirée pourrait-elle être plus belle?

Apparemment, oui... car l'instant d'après, David Guérin s'approche d'elle.

— Tu étais incroyable, Chloé! dit-il. Tu as vraiment volé la vedette!

Elle se sent rougir jusqu'au bout des doigts.

— Merci, David.

— Que vas-tu prendre?

— Heu...

Ses yeux parcourent le tableau noir au-dessus du comptoir, où sont affichés les spéciaux et les différents parfums.

— Un sundae au chocolat, je pense. Le tourbillon aux fraises a aussi l'air délicieux...

— Prends les deux, rétorque David avec un grand sourire. Tu l'as bien mérité!

La jeune fille glousse et se dit qu'elle a assez faim pour en manger deux.

— En passant, je te l'offre, dit timidement David. Si ça ne te dérange pas.

— Ça ne me dérange pas du tout, répond-elle avec un tressaillement dans la poitrine.

— Parfait, réplique-t-il, les yeux pétillants. Ça me fait vraiment plaisir.

— Merci. Un seul sundae suffira.

Le garçon désigne le fond de la salle, où Sophie et les autres ont déjà réservé une banquette, et dit qu'il apportera le sundae dès qu'il sera servi.

Incapable de parler, elle hoche la tête et va rejoindre ses amis en se retenant de sautiller de joie.

Elle se laisse tomber sur la banquette de vinyle rose, encore ébahie.

— Devinez quoi! David m'offre une crème glacée!

Ses amies sourient.

— Évidemment, réplique Sophie en riant. Mon frère est fou de toi depuis longtemps.

— À notre tour! lance Kim. Bruno offre une crème glacée à Sophie, et Dimitri m'en offre une!

Chloé jette un coup d'œil à Alicia, craignant qu'elle ne se sente mise à l'écart.

— Oh, ne t'en fais pas pour moi, dit cette dernière en souriant. J'attends Billy. On a déjà prévu de partager une banane royale!

— Il t'a dit qu'il te paierait une banane royale? demande Chloé, étonnée.

Malgré son talent d'acteur et sa présence sur scène, Billy est l'un des garçons les plus timides de l'école.

— Non, répond Alicia en levant les yeux au ciel. C'est moi qui ai proposé de lui en payer une. Et il a dit oui! C'est le nouveau millénaire, après tout. Si je veux acheter une banane royale à un garçon, rien ne va m'en empêcher!

Les filles pouffent de rire.

Ensuite, Sophie et Chloé racontent le reste de l'histoire de Martha à Kim et Alicia. Chloé termine par l'affrontement dans le gymnase auxiliaire, l'arc et son tir en plein dans le mille.

— On peut dire que je suis allée au cœur du problème! conclut-elle.

Soudain, Véro s'approche de leur table.

— Salut, dit-elle nerveusement. Sophie, je te demande pardon pour ce qui s'est passé dans le cours

d'algèbre. Tout est encore un peu confus, mais je commence à me rappeler de certains détails. Je voulais que tu saches que je suis désolée.

— Ça va, réplique Sophie. Ce n'était pas ta faute.

— C'était la faute de Martha, renchérit Alicia.

Véro hausse les épaules.

— Je suppose. Mais je me sens coupable. Je devrais peut-être me dénoncer au directeur et lui dire que c'est moi qui ai saccagé les toilettes et saboté le shampoing de Jenny.

Les autres ne pensent pas que c'est une bonne idée. Le directeur ne croirait sûrement pas cette histoire surnaturelle de sortilège jeté par une sorcière de trois cents ans. Même si c'est la vérité!

— J'ai une idée, dit Chloé en se rappelant le cadeau anonyme de Martha. Si tu as envie de te racheter pour le miroir brisé, tu peux faire un don anonyme à l'école. Les gens donnent souvent de l'argent de cette façon, et personne ne se préoccupe de savoir d'où il provient.

— Bonne idée! s'exclame Véro, avant de se rembrunir. Et Jenny?

C'est un problème plus délicat. Après discussion, les filles concluent que la meilleure chose à faire serait que Véro envoie un chèque-cadeau à Jenny pour un salon de coiffure très chic de Boston. Les experts en soins capillaires de ce salon sauront sûrement quoi faire pour traiter ses cheveux endommagés. Ce n'est pas une solution parfaite parce qu'elle ne pourra pas lui présenter de véritables excuses. Et bien sûr, le chèque-cadeau devra demeurer anonyme. Mais le plus important est que Véro veuille racheter le tort qu'elle a causé, même si elle l'a fait sans le vouloir.

Bruno, Dimitri et David se dirigent vers leur table avec les sundaes. Billy vient d'entrer dans la crémerie. Alicia se lève pour aller le rejoindre au comptoir.

En voyant David s'approcher, Chloé jette un coup d'œil interrogateur à Véro.

— Ça ne te dérange pas? Tu n'es pas jalouse parce qu'il m'offre une crème glacée?

Véro éclate de rire.

— Pas du tout! C'est terminé, tout ça.

— Tant mieux, dit Sophie, parce que je connais quelqu'un qui aimerait bien te connaître mieux.

— Vraiment? réplique Véro, une lueur de curiosité dans ses beaux yeux verts. Qui donc?

Sophie désigne un beau garçon blond qui a un cornet de crème glacée aux pistaches à la main. C'est Jacob Bailey!

Avec une exclamation ravie, Véro s'éloigne pour aller le saluer.

Sophie se tourne vers Chloé.

— Tu as l'air préoccupée. Ne me dis pas que tu n'es pas contente pour Véro et Jacob!

— Oh, je suis très contente, dit Chloé. J'aimerais seulement...

— Quoi?

— Que sa crème glacée ne soit pas *verte*!

Elles pouffent de rire et ont du mal à reprendre leur sérieux quand les garçons leur tendent leurs sundaes.

Tandis que tout le monde commence à manger, Chloé prend la cerise posée sur la crème fouettée et dit :

— Je me demande ce que vous allez penser de mon projet...

— Quel projet? demande Kim en essuyant une traînée de sauce au caramel sur son menton.

— Je songe à entrer dans l'équipe de tir à l'arc! répond Chloé en glissant la cerise dans sa bouche. Quelque chose me dit que je serais très douée!

A PROPOS DE L'AUTEURE

Lisa Fiedler écrit des livres pour les jeunes depuis dix-huit ans. Elle vit à Granby, au Connecticut.